陈世明 著 陈宁 编

畢生為社稷 風范昭後人

百岁老党员的红色记忆

福建人民出版社
海峡出版发行集团
THE STRAITS PUBLISHING & DISTRIBUTING GROUP

畢生為社稷
風范昭後人

福建省政协原主席游德馨为本书题签

福建省政协原主席游德馨题词

陈世明和曾忠平（右二）向省领导黄瑞霖（右一）和陈桦（右三）介绍龙山会议情况（2017 年）

2009 年，闽浙赣边区老同志庆祝中华人民共和国成立六十周年
（前排左起：王一士、许集美、王毅林、游德馨、陈式山；
后排左起：唐文光、陈世明、李青藻、章燕行、孙子清）

2023 年 3 月，福建师范大学协和学院党委书记和院长等看望协和大学首任党支部书记陈世明

97 岁高龄的陈世明参加福建省闽浙赣边区革命史研究会活动（2021 年）

陈世明（右二）参加“弘扬鼓岭红色文化”论坛（2020 年）

幼年陈世明（中间）与其父陈宝善、其母马淑钗

小学

中学

大学

中年

老年

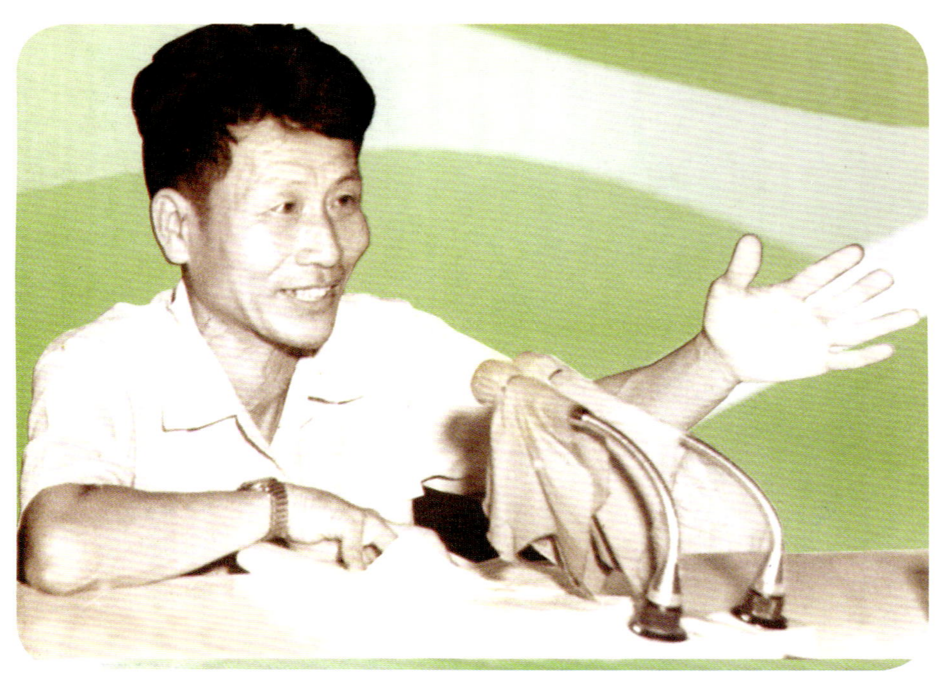

1979 年在全国大型糖厂技术交流会上发言

1979 年随轻工业部考察组考察菲律宾甘蔗制糖

80 岁家中留影，背景为三县洲江心公园

建党百年之际，中共福建省轻纺（控股）有限责任公司委员会授予陈世明“党员之星”荣誉

参加福建老教授合唱团建党百年庆暨慰问老同志演出活动

2015 年在福建工程学院（今福建理工大学）人文学院道德讲堂做题为“从大学生到革命者”的讲座

讲红色故事，当红色宣传员

I will die for the cause
just as I live for the cause.
I will die for the people
just as I live for the people

To Mr. Paul P. Wiant

我将为真理而死，正如我为真理而生，
我将为人民而死，正如我为人民而生。

1948 年狱中书信

不忘初心牢记使命

Remain true to our original aspiration
and keep our mission firmly in mind.

陈世明 Chen Shiming 陈世明印

2020年12月

不忘初心　牢记使命

序一　老共产党员陈世明的毕生追求*

李青藻　魏　畴

我们党团结带领人民在中国这片古老的土地上，书写了人类发展史上惊天地、泣鬼神的壮丽史诗，靠的是中国共产党的正确领导，靠的是千百万优秀共产党员前仆后继的无私奉献、英勇牺牲。我们身边的老共产党员陈世明，就是这样一位值得我们尊敬的老人。他追求真理，无私奉献，不畏强暴，威武不屈，几经波折，永不气馁，不求高官厚禄，只求为民服务，像一颗种子，放在哪里就在哪里生根、发芽、开花、结果。他一生的实践、奋斗，诠释了什么是共产党员的真谛。

为了国家兴亡　决心参加共产党

陈世明 1924 年 6 月出生于一个贫苦工人家庭，有幸得到英华中学、协和大学这两所教会学校美籍董事范哲明的资助，得以读书深造。陈世明忘不了“国家兴亡、匹夫有责”的古训，忧国忧民之心

* 本文初稿写于 2011 年，定稿于 2023 年。李青藻，中共福建省委党校原常务副校长、福建师范大学原党委书记。魏畴，福建省闽浙赣边区革命史研究会副秘书长。

挥之不去。早在英华中学时，共产党地下组织的活动就开启了他的进步思想，激昂的抗日歌曲激荡着同学们的心弦，进步刊物促使他探索和追求真理。共产党员孙道华（后为省委城工部福州市委书记）与他促膝长谈整整一个晚上，使他第一次知道了压在中国人民头上的“三座大山”，为他加入共产党打下了良好的思想基础。

抗日战争胜利后，协和大学迁回福州。陈世明和广大群众一样，希望国家能走上民主建国的复兴之路，但国民党撕毁《双十和平协定》，发动了空前规模的内战，严峻的事实使他深感除了打倒国民党独裁专制别无出路。正当他心情万分焦虑之际，曾焕乾（后为党的闽江工委学委书记、闽浙赣地下军副司令、闽海纵队司令）观察发现了他，与他结成志同道合的挚友。1946 年 2 月，由何友礼、何友于两人介绍，陈世明正式加入光荣的中国共产党。后曾焕乾等同志调离协大，陈世明担任了协大首任党支部书记。在这期间，陈世明积极宣传革命思想，发展壮大党的组织，在日益高涨的爱国学生运动中站在斗争前列。协大虽然是教会学校，但同样有国民党、“三青团”的反动组织，也有特务分子，斗争十分激烈，陈世明机智勇敢地利用合法形式与之周旋。一次，协大校方组织学生参加辩论会，题目是“战后中国走工业国道路还是走农业国道路”。他在发言中勇敢地揭露了中国社会的性质，指出只有推翻压在中国人民头上的帝国主义、封建主义、官僚资本主义“三座大山”，建立新的生产关系，才能解放生产力，中国才有前途，从而把辩论会的主题引向深入。1946 年底，驻华美军士兵强暴北大女生沈崇事件的消息传到学校，地下党同志出海报声援，晚上集会时同学们义愤填膺地表示，要抗议美军暴行。但也有人公开反对，说什么“天下事政府管”“学生读书，不管政治”，向大家泼冷水。这时，陈世明言辞犀利地质问：“如果你的妻子、女儿被美国兵强奸，你也可以不管吗?”理直气壮，语惊四座，大长志气，全场热烈鼓掌。

1947 年 2 月，陈世明以闽江工委学委的身份参加了龙山会议。这是中共福建城市工作史上具有里程碑意义的会议，也是陈世明从学生党员到职业革命者的转折。

中共闽浙赣区党委（省委）党代表会议高度评价闽江工委的工作，为进一步开展边区城市工作，决定将闽江工委扩大为区党委（省委）城市工作部。2 月 22 日至 25 日，城工部在林森县桐口乡龙山村（今闽侯县荆溪镇桃田村）召开工作会议。参加会议的有 30 多人。会议宣布城工部成立，部长庄征，副部长李铁。庄征传达党代会《福建党九年斗争总结（草案）》，系统总结了闫江工委两年来的斗争，并做了《论开辟第二战场》的报告，提出了城市工作“以学校为重点，为农村服务，为游击战争服务”的指导方针。会议用半天时间召开群英会，评出 4 位英雄、18 位模范工作者（包括陈世明）。

当时，陈世明即将大学毕业，70 多年前的大学毕业生是多么稀罕，可谓前程似锦。他成绩优异，外国友人想资助他赴美留学深造。对于常人来说，这是求之不得的机遇，可陈世明毅然放弃了。他响应闽浙赣区党委关于发动爱国游击战争的号召，坚定贯彻龙山会议精神，走上了充满艰辛的革命道路。

陈世明入党后，不仅身体力行，还影响带动自己的父母、兄弟姐妹，使他们从了解革命、同情革命到支持革命、参加革命，其中最突出的代表是他的母亲。他的母亲是虔诚的基督教徒，当时在茶亭真神堂任职，经常见到与陈世明来往的朋友，听到他们议论的话题，看到传阅的进步刊物如《民主》《文萃》《世界知识》以及《大众哲学》等书刊。她对自己的儿子是完全信任的，也认为陈世明交的朋友是正派的，但世道艰险，不免担心。陈世明叫她放心，说他们做的一切都是为了“把天堂建在人间”。学委何友礼住在他家时，还用通俗的语言为她讲解高尔基《母亲》的故事。他母亲受到这样的启发帮助后，思想有了转变，先是掩护，进而积极协助做联络、通讯、宣传和家属工作，甚至为党员干部安置住所，掩藏枪支，使陈世明的家成了学委的重要据点。她被许多城工部同志称为“革命的老妈妈”。新中国成立后，她在街道工作，想到被敌人杀害的闽清县委委员刘志德烈士找不到家属，经她深入调查，发现刘志德原名蓝成友，从而找到家属，使烈士家庭得到优抚。她由一名普通妇女成长为一名共产党员、市治安一等功臣、市人民代表，事迹曾登上《人民日报》，中国革命博物馆也展出和收藏她的相关材料。

经历了惊涛骇浪和生死考验

脱下学生装，到农村第一线去，走知识分子与工农相结合的道路，当一名职业革命工作者，可以称作“一介书生闯江湖”，必将接受新的严峻锻炼和考验。陈世明出身清寒，一贯简朴，生活上的艰苦他不怕，他顾虑的是在国民党长期统治的农村地区，有反动的保甲制度，又有土匪、地痞，情况十分复杂，如何掩护自己，如何把贫雇农发动起来，逐步开展游击战争，困难重重。他那时的职务是城工部福（清）长（乐）平（潭）工委书记，首要任务是建立一条交通线。他以饱满的革命热情，团结依靠贫雇农，很快就建立起了灵石山武装据点，打通从平潭经福清到福州的秘密交通线。

1947 年 5 月，陈世明刚回到福州就接到通知，调他到中共闽浙赣区党委（省委）机关工作，这对他的教育帮助极大。那时区党委机关依靠群众的掩护，设在闽侯、福清、永泰交界处的一片山头，山虽不太高，但山峦连亘。机关设备简陋，没有桌椅，只有一台轻便收发报机。机关里有十来位战斗员，连同干部一共才二三十人。在那里，他见到了书记曾镜冰、常委兼军事部长阮英平。曾镜冰组织他们学习中央指示精神，多次与陈世明交谈，讲到了《福建党九年斗争总结（草案）》，使他对闽浙赣边区的斗争历史有了更清晰的认识。抗战爆发后，闽浙赣边区党组织坚决执行党中央赋予的保持南方“战略支点”的历史使命，肩负起抗日、反顽的双重任务；皖南事变后，先后粉碎了国民党顽固派的三次大“围剿”，得到党中央的充分肯定；刘少奇指出福建党组织有“三大创造”，即武装退却、合法斗争与武装斗争相结合、反特务斗争。曾镜冰知道陈世明是协大、英华校友，专门讲了协大校友卢懋榘狱中斗争所表现的共产党人气节，和英华校友王助（省委委员兼宣传部长）的光荣事迹。阮英平是刚从新四军调回福建工作的，也常常给大家讲新四军的斗争故事，对陈世明启发教育很大。

1947 年 9 月，闽浙赣区党委改称闽浙赣省委，省委会议决定开展三十路游击活动，开辟闽江以南、沿江从林森（闽侯）到南平的游击区，筹建闽（清）永（泰）尤（溪）南（平）沙（县）中心县委，林汝楠为书记，陈世明为委员，省委迁至南平葫芦山一带。省委书记曾镜冰亲自领导中心县委工作，派陈世明向城工部抽调闽清籍干部回乡。10 月底，闽清县委班子正式成立，刘忠瑶为书记，郑一惠为副书记，刘志德为委员，分工抓武装。那时林汝楠因“牛皮山事件”受枪伤养病，中心县委工作由陈世明主持，直接对省委负责。

经过几个月的努力，中共闽清县委的工作取得了明显进展。除组建县委班子外，还组建了 5 个区委、2 个直属党支部和 1 个直属党小组；发动贫雇农诉苦，学习土地法大纲，进行阶级教育，组织各地农民进行抗丁斗争，组成武工队，已有脱产的武工队人员和枪支。但工作上也有失误，对阶级斗争的尖锐复杂性认识不足，发展了成分不纯的人员，后叛变。1948 年 4 月 24 日（农历三月十六），刘志德被诱捕并遭杀害，同时包围逮捕了正在麟洞开会的陈世明等 7 人，使闽清县委工作遭到重大挫折。

陈世明被捕是不幸的，但他的表现是英勇不屈的。他没有叛变，没有出卖组织和同志，没有变节自首。在被捕时十分混乱的情况下，他及时抓住机会悄悄向大家打招呼：要向刘志德烈士学习，被审问时应切断一切组织联系。他们戴着脚镣，关在一个笼子（牢房）里，只着一件单衣，夜里彼此贴着睡，每天清晨被冻醒。他们高唱《国际歌》《你是灯塔》等革命歌曲，悲壮的歌声打破静寂，震动全狱。他们向看守、向周围四五间笼子里的难友生动有力地进行革命宣传，揭露旧社会的黑暗，慷慨激昂，众难友深受感动。几天后他们被押到福州乌塔边的国民党省保安司令部军法处监狱。一间仅有 30 多平方米的木笼，关押着 20 多名犯人。牢房阴森恶臭，虱子成球，咬得人遍体血疤；牢房中仅见一缕阳光，提审外出时往往在日照之下目眩不已。附近还有间大的木笼，时而传出令人毛骨悚然的打骂声和惊叫声。有的难友突然被押出受审、受刑或枪决，真是人间地狱。陈世明已做好牺牲的思想准备，但担心地下党接头户的母亲发生意外，急于与外界取得联系。经过邱子芳等难友商议和帮助，利用资助他读书的范哲明的关系，秘密寄出用英文写的信件。这封信译成汉语是："也许你已知道我在监狱，不久我会死去，但不晓得将在何时何地、怎样情况下死去。我将为真理而死，正如我为真理而生；我将为人民而死，正如我为人民而生。我有足够力量承受我可能遇到的任何困难。感谢你资助我读书，但是你这心愿并不落空。对我来说，我是个人民的战士；对你来说，你也能体会一下真理，就是共产主义是正确的。"这封信达到了狱内外互通讯息的目的，而他的母亲收到消息后痛哭不已。1949 年初，陈世明和难友还组织了绝食斗争。庆幸的是，政治风云突变，蒋介石下野，国共和谈重启，达成"释放政治犯"的协议，陈世明于 1949 年 4 月与一起关押的 20 位难友重见天日。

几经波折不气馁　坚守信念铸辉煌

陈世明从死牢里出来，但因为"城工部事件"失去了与组织的联系，使他十分苦闷。好在福州很快解放了，中共福州市委举办青干班，召集城工部的同志进行形势和任务的教育，宣布城工部已被解散，相关人员停止党籍，先分配工作接受审查考验。陈世明被分配到中共福州市青委工作，他表现积极，也很老练成熟，得到组织和同志们的好评。但他又不是一般新入伍的青年，刚从敌人的监狱里出来，首先要弄清这一历史问题。青委领导调阅了敌伪机关保存的对陈世明的全部审讯档案，证明陈世明确实是一位坚定的共产党员，应该及时解决他的组织问题。既然因城工部事件党籍解决不了，就先吸收他入团，便于开展工作。陈世明是一位拿得起、放得下、想得开的好同志，愉快地接受了这个建议。就这栏，一个入党多年、当过中心县委委员、领导过闽清县委工作的二十五六岁的成年人，与十七八岁的青年人一起参加了入团宣誓。领导要他发言，他说："有机会为人民服务是最大的幸福。""失去组织又重新回到组织的怀抱，更感到组织的可贵。"只有他这样经历的人，才会讲出这样发自肺腑的感言。此后，他担任了市学联秘书长、学生少儿部副部长。

1952 年 10 月，陈世明转到制糖行业工作。那时的福建，制糖业是一张白纸，没有任何资料。他就到新华书店，只要是有关制糖的书都买，还到省图书馆搜集制糖科技资料。后来，他和一批技术员工去广东揭阳糖厂学习培训，和操作工一起三班倒，从学徒工做起，整整实践了一年。下班后，他回到工棚里翻书本、查资料，从实践到理论，又从理论到实践，反复学习思考，很快熟悉了煮糖工艺。第二年，他又到顺德糖厂学习技术管理工作。就这样，陈世明成为福建省第一代制糖技术骨干，参加我省第一座现代化的泉州糖厂的建设。

1956 年，城工部冤案平反，陈世明恢复党籍，担任了泉州糖厂技术副厂长兼工程师，以后又调云霄、南靖糖厂工作。

1959 年他在云霄糖厂，在反右派斗争中，受到错误批判，撤销了副厂长职务，直到 1962 年七千人大会后才获得平反。

1964年，他调到省制糖工业公司，任工程师室副主任。然而好景不长，“文化大革命”爆发，他被打成“叛徒”。1969年，他被列入另册后下放到周宁县一个十分贫穷偏僻的大队插队劳动。陈世明是勤于思考的共产党员，对问题的认识是敏锐、深刻的，对林彪、“四人帮”掀起的极左思潮极为不满，他坚信终有云开日出之时。在农村，他既有苦闷、困惑，又坦然自若，像过去打游击时一样，与农民打成一片，卷起裤脚，下水田劳动，收工后还帮农民理发，得到农民的信任，彼此结下了深厚的友谊。农民都说，这么好的干部怎么会是坏人！

1972年，陈世明调回轻工业厅。但直到党的十一届三中全会以后，才得到彻底平反，此时他已经54岁了。

陈世明入党时改变祖国悲惨命运和献身共产主义伟大事业的信念坚定不移，后虽然经历三次挫折，但他无悔无恨。他从来淡泊名利，把全部精力放在本职工作上，认真负责，一丝不苟，精益求精。他意识到十年动乱已使国民经济面临崩溃边缘，科学技术水平与发达国家的差距进一步扩大，制糖工业也不例外。为了改变这种被动局面，尽快缩短与发达国家在制糖工业上的差距，他重新拿起荒废十多年的英语书，认真复习，学以致用。在20世纪80年代，像陈世明那样能娴熟运用英语的，全国糖业界罕见。他搜集、整理、研究国内外制糖资料，掌握了大量信息。正是凭着对事业的执着追求，几十年如一日的刻苦钻研，积累了丰富的理论与实践相结合的宝贵经验，陈世明成为我国知名的制糖专家，担任福建省制糖工业公司副经理、总工程师、正教授级高级工程师。

1980年4月，省制糖工业公司派陈世明等人前往联邦德国考察，欲购买制糖成套设备。出国之前，他做了大量准备工作，心中有数，掌握主动权。一到联邦德国，他就把全部精力集中在考察上，参观工厂，听取专家介绍，从设备、工艺、经营管理到人才的选择和培训等，打破砂锅问到底。在每周两天的休息日里，主人邀请他们到汉堡等地参观名胜古迹和海港，他都婉言谢绝，而是到附近的工业展览馆和工厂参观。这次考察，使他认定不必花大量外汇采购制糖全套设备，只要引进部分先进设备及总体设计即可，可以节省大量外汇。这一建议被公司采纳。

陈世明经过长期刻苦钻研，获得了事业上的成功：改革了多项制糖工艺技术，翻译了美国著名制糖专家齐格勒的《齐格勒论煮糖》，在省级以上刊物发表了《制糖设备维修》《十年来白砂糖工艺管理》等论文32篇，列名《当代福建科技名人》，当选全国甘蔗制糖学会学术委员会主任。

为民服务无止境 战胜病魔意志坚

1989年，陈世明从福建省制糖工业公司离任。但是作为共产党员，他从入党宣誓起，就决心要为践行党的宗旨奋斗终生。正因为如此，陈世明离休之后，并没有去颐养天年，而是始终在各方面发挥着共产党员的先锋模范作用。

离休不久，他就到民办的福州英华英语学校当了办公室主任，一干就是8年。作为正教授级的高级工程师、享受厅级待遇的离休老干部，到刚筹建不久的规模很小的民办中学当办公室主任，很多人都不理解。其实陈世明有他自己的看法。他向来认为，能够为人民服务是人生最大的幸福，不应计较职位高低。同时，他是英华中学、协和大学成长起来的，能够回母校服务，也是尽一点报恩之心。当然，陈世明过去就读的英华中学是美国卫理公会创办的教会学校，现在这所英华英语学校则是福州英华校友会办的民办学校，两者办学主体是不同的。但开办这所英华英语学校，目的在于不忘过去英华中学的优良传统，为之服务是可以理解的。

陈世明家住鼓楼，英华英语学校在仓前，相距甚远。他每日早出晚归，中午在学校食堂吃饭，在办公室休息，尽心尽责，从不间断。看到有的班级秩序混乱，他亲自兼任该班班主任。他还兼任校外办主任，联系几位外国教师。在民办中学建立党组织时，他又担任了学校党支部书记。在他因病离任后，该校副校长吴永璋为他写了《好校友、好老师、好党员、好书记》的文章。

2003 年底，在陈世明 79 岁时，发现血液指标异常，提示有癌症指征。陈世明意志顽强、心态良好，积极配合治疗。同事亲友也十分关注他的病情。该年 12 月上海医院用 PET/CT 检查未发现异常病情时，制糖工业公司老干支书刘世英高兴地拿鞭炮到他的住处鸣放祝贺。

2011 年他在《与肝癌共舞八年》一文中说："在我国革命、建设、改革的峥嵘岁月里，有党旗在我心中飘扬，生活更踏实、更丰富、更有意义。"这是他患病 8 年后讲的话，说明他始终忘不了心中这面党旗。

革命英灵永不忘　增进团结出大力

陈世明是中共闽浙赣区（省）委城市工作部早期发展的党员和重要骨干。1948 年初不幸发生的城工部事件，一批党员骨干被错杀，城工部组织被打成"红旗特务组织"被解散，数千名党员被停止党籍。陈世明也是受害者，但他更痛心的是不少和他共同战斗过的同志不幸遇难。

新中国成立后，省委经过两年时间认真细致的深入复查，并经中央批准，于 1956 年为城工部冤案平反，为死难的同志昭雪，并追认革命烈士，停止党籍的同志恢复了党籍。通过这一事件，陈世明进一步感受到革命道路的艰难曲折，以及中国共产党的光明磊落、实事求是，勇于坚持真理、修正错误。

陈世明心系先烈。每当清明节，他都会去文林山革命陵园祭奠。1997年香港回归时，他还带领全家三代人共同前往参加“祭先烈、庆回归”活动。他先后为刘志德、陈盛骙、曾焕乾、何友礼、何友于、林吉安、蔡兆源、真树华八位烈士写纪念文章，以缅怀先烈、激励后人。他与烈士子女建立了亲密关系，烈士子女都视他为尊敬信赖的长辈。他还与其他几位同志一起，出版了庄征、李铁的纪念文集。

2009年中华人民共和国成立60周年之际，省委组织开展有关纪念活动。为贯彻落实省委这一部署，闽浙赣边区在闽老同志由许集美牵头，组成联络组，开展筹备工作，陈世明也参加了联络组。在新老省级领导的共同支持下，拟定了“坚持信念，增强团结，发挥余热，建设海西”的指导思想。2009年8月17日是福州解放60周年纪念日，在这样一个具有历史意义的日子里，闽浙赣边区在福建的500多位同志欢聚一堂，提前庆祝新中国成立60周年。这是新中国成立后闽浙赣边区在闽老同志召开的第一次盛会，既缅怀历史，又面向未来。当年参加城工部成立的龙山会议的革命同志，至今健在的只有陈世明。他可以说是城工部有影响的老同志了。对于增强团结、开好这次隆重的庆祝大会，陈世明发挥了不可替代的重要作用。

陈世明是位有77年党龄、99岁高龄的老革命。他始终坚持理想信念，为民族复兴、国家强盛、人民幸福奋不顾身；身处逆境而荣辱不惊，忠心向党，不离不弃，无怨无悔，经历了战火洗礼和历史考验；在有生之年，他战胜病魔，继续发挥余热，服务人民，造福桑梓。他的作为、功绩将永远铭记在人们心中。

序二　我和陈世明一起办的三件事*

李青藻

我和陈世明同志都是中共闽浙赣区委所属的共产党员，都上山打过游击，但他入党、上山的时间比我早，当时我们并不认识。

陈世明原先是福建协和大学的学生，于1946年2月经闽江工委学委委员何友礼、何友于两人介绍加入了中国共产党，曾任福建协和大学首任支部书记，为党做了不少工作。

1947年2月，闽浙赣区党委城工部在林森县桐口乡龙山村召开干部会议，史称“龙山会议”。陈世明同志参加会议，被评为模范工作者。这次会议提出为农村服务，为游击战争服务，陈世明积极响应，从学生共产党员转变为职业革命者。龙山会议后，他任中共福（清）长（乐）平（潭）工委书记，建立了灵石山武装根据点，打通了平潭经福清到福州的秘密交通线。

1947年5月，陈世明调入闽浙赣区党委机关（在林森县青口乡西台村南阳顶，今属闽侯县青口镇）负责群众工作。这段时期的工作使陈世明受到极为深刻的教育和艰苦锻炼。就在那里，区党委召开“八二八会议”，会后，省委书记曾镜冰亲自领导闽（清）永（泰）尤（溪）南（平）沙（县）中心县委，陈世明为委员，曾负责

* 本文写于2022年。

闽清等县工作。经过几个月的努力，工作取得了显著进展和成果。由于被叛徒出卖，1948 年 4 月 24 日，陈世明不幸被国民党反动派逮捕。

在监狱的一年里，陈世明坚持斗争，宣传革命，因此被看守长铐上脚镣。1949 年初，陈世明和难友发动绝食斗争。同年 4 月，国共和谈，陈世明与同被关押的 20 位政治犯终于重见天日。

福州解放后，我和陈世明同志同在福州市团委工作。陈世明同志担任市学联秘书长、学生少年部副部长。1952 年他调入省轻工业厅，随即赴广东揭阳、顺德糖厂实习两个榨季。1956 年城工部事件平反，他先后担任泉州、云霄、南靖糖厂技术副厂长、工程师。1964 年调入省制糖工业公司，担任副经理、总工程师、省轻工业技术顾问、正教授级高级工程师。陈世明为制糖工业服务 37 年，成为我国制糖工业专家。

想不到我和陈世明这两位老人，最后又一起办了三件大事。

一、实现大团结

为了庆祝福建解放 60 周年，省委希望闽浙赣、闽粤赣、长江支队等方面的老同志，认真组织好纪念活动。由于闽浙赣老同志此前没有建立组织，就指定由许集美牵头组织。许集美同志在与黄扆禹等老同志商量后，确定李青藻、陈世明、唐文光、孙子清、马书贵、曾国雄、高振枢、林申、朱旭等几位同志成立联络组，李青藻任组长，陈世明、唐文光任副组长，许集美与联络组的同志多次商议，拟定这次活动的指导思想为“坚持信念，增强团结，发挥余热，建设海西”，并制定具体活动规划，得到广泛赞同。

“八一七”是福州解放纪念日，这一天我们在省委党校礼堂召开“闽浙赣边区老同志纪念福州解放纪念日”活动。同志们激情满怀，欢聚一堂，说不尽的眷恋和思念，真可谓“别有深情一万重”。原先估计到会三百多人，实际到会五百多人，其中有十位是坐着轮椅到会的。

会上宣读了时任全国政协主席贾庆林、省委书记卢展工、省长黄小晶的贺词，和全国政协原副主席张克辉的题词。新老省级领导许集美、黄扆禹、游德馨、王一士、张明俊的热情讲话，都充分肯定了边区的战斗历程和卓著的历史功勋，这是对边区老同志政治上的莫大鼓舞和安慰。省委常委、省政法委书记徐谦代表省委来探望大家，并与大家合影。

会上还颁发了纪念章，共9000枚，给健在的和已故的边区老同志，以及烈士，有的家属把纪念章供奉在已故亲人的灵位前。

我们还组织录制了光盘，全程记录庆典活动的欢快景象，并印发了6000份纪念会刊。会刊突出了庆祝活动的主题，详细报道了活动盛况，全文刊登中央和省委领导的贺信、题词以及边区领导在庆祝大会上的讲话。还特别拿出一个版面刊登边区早期领导人方志敏、黄道以及曾镜冰等闽浙赣边区党委领导成员的相片，增补了党史材料。

在省城庆典大会后，南平、泉州、宁德、莆田、三明各市和一部分县，也相继召开庆祝大会。已定居美国的傅维葵老同志还专程赶回泉州参加。

2010年1月20日，许集美同志致函省委、省政府，附上联络组撰写的会议纪要、工作总结和会刊，以供参阅，受到广泛好评。

二、成立研究会

成立福建省闽浙赣边区革命史研究会是我们这一代革命者的愿望，此事在纪念福州解放纪念日暨庆祝中华人民共和国成立60周年活动之后有了突破。许集美同志做出决定，仍以原联络组为工作班子，由李青藻为组长，陈世明、唐文光为副组长，共9位同志筹备这件事。经过半年时间的筹备，研究会于2013年4月26日正式成立。

成立大会上许集美同志首先讲话，他介绍了闽浙赣地区共产党人前仆后继、英勇奋斗的历史。接着，我作为筹委会的负责人介绍了研究会筹备情况。研究会具有资政、育人、存史、励志等方面的功能，成立有重要意义。

会议一致通过了《福建省闽浙赣边区革命史研究会章程》，选举陈立典为会长。

三、竖立纪念碑

为铭记历史，缅怀先烈，应老区群众要求，许集美、黄扆禹提议建立中共闽浙赣边区革命纪念碑，许集美主持建造的工作。纪念碑整体呈三面红旗叠加飘扬状，由6块重15吨的红色花岗岩雕刻组合，长12米，高2.2米，厚1.3米。纪念碑位于福州市北江滨公园，于2016年6月26日落成揭幕。

时任福建省委常委组织部长王宁，受时任省委书记尤权、时任省长于伟国委托，代表省委、省政府对纪念碑的落成表示热烈祝贺。王宁表示，我们永远不会忘记边区的重大贡献，永远不会忘记边区的革命精神，永远不会忘记边区的优良作风。王宁指出，闽浙赣边区党的历史，是一部曲折奋斗的光荣历史、可歌可泣的英雄史、不断前进的胜利史，是教育和激励后人的宝贵精神财富。

闽浙赣边区老同志游德馨从方志敏烈士讲起，讲到中共闽浙赣边区共产党员浴血奋斗、前仆后继，号召后人永远铭记闽浙赣边区光荣的革命历史。

闽浙赣边区革命史研究会会长陈立典在仪式上做了“让革命精神光辉未来”的主题演讲，阐述了立碑的意义。他说：“这个纪念碑是革命的丰碑，是精神的丰碑。”

我和陈世明、唐文光、孙子清、曾国雄、林申等老同志也出席了揭碑仪式，并在会上发言，希望建好纪念碑的同时，要巩固纪念碑的成果，拓宽纪念碑的教育内涵，持续发挥纪念碑的教育功能，使之成为爱国主义教育基地。

我对陈世明同志是很敬重的，难忘我们一起为闽浙赣边区革命史奔波努力的日子。在他百岁生日之际，谨以此文献上我诚挚的祝福。

目　录

第一辑　践行初心

弘扬英华革命传统 …… 3
福建协和大学地下党革命活动 …… 8
革命据点茶亭真神堂史况 …… 16
龙山会议彪炳史册 …… 19
龙山会议精神永放光芒 …… 24
弘扬龙山会议精神 …… 27
具有里程碑意义的龙山会议 …… 29
不忘初心　奋发图强　共圆中华梦——纪念龙山会议七十周年 …… 35
让龙山精神代代相传——《龙山精神代代传》序 …… 40
在曲折斗争中崛起的辉煌成就 …… 42
在福清党史工作座谈会上的发言 …… 45
中共福长平工委开创福清灵石山革命据点波澜壮阔的历程 …… 48
在闽浙赣区党委机关革命熔炉中锻炼成长 …… 51
中共闽清县委成立的前前后后 …… 54

忆原闽清县委所在地 …… 58
坚强、有特色的中共闽清县委班子 …… 61
身陷囹圄，感动群众 …… 65
高墙内外，英文传书 …… 67
追忆狱中绝食斗争 …… 70
黑牢里播下红色种子 …… 72
革命据点福州何厝里的历史价值 …… 76
追忆何厝里革命往事 …… 79
革命斗争的悲壮史诗 …… 83
“八一七”那天有一种浪漫的感觉 …… 85

第二辑　悼念英烈

忠诚党事业，献身为人民——重读《咏志》，缅怀庄征烈士 …… 91
奇才　奇功　忠诚——庄征烈士写照 …… 97
燃烧自己　照亮征途——追忆李铁烈士 …… 100
李铁是一位有革命理论修养的革命家 …… 104
顶天立地的英雄——缅怀协和大学革命烈士 …… 107
缅怀曾焕乾烈士 …… 112
深切怀念曾焕乾烈士 …… 119
曾焕乾烈士纪念碑在平潭落成 …… 123
铮铮一铁汉——记刘志德烈士 …… 124
忆何友礼烈士 …… 128
忆何友于烈士 …… 131
特殊材料制成的人——忆陈盛骙烈士 …… 134
忆林吉安烈士 …… 139
风范长存励后人——忆刘忠瑶烈士 …… 142

记蔡兆源烈士 …………………………………………………… 145
回忆真树华同志 ………………………………………………… 149
忆中共闽浙赣省委政治交通员张章淦（小潘）烈士 ………… 150
信念的力量——忆小潘烈士 …………………………………… 153
重访革命旧址　读《悲歌往事》 ……………………………… 155
中共闽浙赣区党委城市工作部烈士牺牲七十周年纪念 ……… 157

第三辑　缅怀战友

对党与人民无限热爱和忠诚——怀念老领导成仞千同志 ……… 161
一生忠于革命的好同志——简印泉 …………………………… 164
理想为魂　百炼成钢——悼念黄世杰同志 …………………… 167
践行孺子牛精神的老共产党员——陈果 ……………………… 171
我们的好会长蔡诗灿 …………………………………………… 174
一位青年的执着追求——缅怀战友刘希明 …………………… 177
曾世弼在协和大学 ……………………………………………… 180
亲如姐妹的三位“革命老妈妈” ……………………………… 182
难忘的岁月　难忘的人——缅怀我的母亲马淑钗 …………… 185
一片丹心　薪火相传 …………………………………………… 189
不忘初心、尽忠尽责的罗慰慈大夫 …………………………… 191
坚守信念　一生正气　两袖清风——沉痛悼念吴大挺战友 …… 193
编修史志　铸就辉煌 …………………………………………… 197
访许集美同志故里 ……………………………………………… 199

第四辑　红色传承

在庆祝新中国成立及福州解放五十周年联欢会上的发言 ……… 203

重返革命旧地　党旗心中飘扬 …………………………… 204
在中共福建地下省委机关工作中锻炼成长——向英华学校全体师生讲述红色故事 …………………………… 206
在华南女子学院“迎七一、谈理想”座谈会上的演讲 ………… 213
在烈士纪念碑前对英华学生干部的讲话 …………………… 216
纪念建团100周年——忆在福州市团委激情燃烧的日子 ……… 217

第五辑　续写华章

继续吹响奋进的集结号 …………………………………… 221
把天堂建在人间——与外籍英语教师友好相处 ……………… 222
与肝癌共舞八年 ………………………………………… 224
金婚盛典献情书 ………………………………………… 226
奋进的九十年——人生的真实写照 ………………………… 228
为福建糖业建功立业 …………………………………… 231

后记 ……………………………………………………… 233

第一辑　践行初心

弘扬英华革命传统*

走进福州英华英语学校，可以看见一座金光闪闪的英烈纪念碑，上书：

> 壮哉伟哉，英华英烈多！推翻帝制，铲除军阀，抗日救亡，解放人民，安邦兴国，前赴后继，赤心为中华。浩气永存，英名不朽，垂范无穷兮我中华！

从1881年英华书院创立到现在，英华已有120多年历史，具有学习与革命的好传统。这120多年是中国人民谋求独立解放和发展自己的伟大年代，经历了新旧民主主义等革命历史时期。这期间，英华有37名学生或校友为新中国的解放事业献出了年轻的生命。不少英华人实践“尔乃世之光”的校训，爱国爱民，奉献青春、智慧和力量，立于时代进步的潮流中。37位烈士是品学兼优的学生，他们为崇高的理想献身，他们身上反映了英华的革命传统。

清末民初，在中国人民反帝反封建的伟大斗争的推动和西方民主革命思想的影响下，许多英华师生投身革命活动，如早年追随孙

* 原刊《福州党史》2005年第3期。

中山从事革命、后任国民政府主席的林森。1906 年英华书院爆发了福州近代史上最早的一次爱国罢课斗争，抗议美国种族主义者在旧金山制造大规模迫害华人事件。1911 年黄家宸随林觉民等 30 多人赴广州参加黄花岗起义，幸免于难，回福州后组织敢死队等，参加福州光复起义。战斗中，英华学生王清铨不幸牺牲。

进入新民主主义革命时期，英华学生在中国共产党领导下，开展爱国活动和革命斗争。1925 年中共福州特委书记方尔灏等倡议成立“收回教育权运动委员会”，并发表宣言。1927 年福州掀起反帝运动，英华原由外籍传教士担任校长，这之后改为由中国人担任。1928 年 2 月，陈芝美博士就任第一任华人校长。

1929 年英华中学成立了共青团支部，团员最多时达 30 人，后部分团员加入共产党。1932 年，共产党员郑维新率领肃劣会会员到潭尾街搜查日货劣品，惨遭反动军警杀害，引发全国声援。1934 年 4 月在英华大礼堂举行了追悼会。

英华学生王助后来任新四军驻福州办事处主任、中共福建省委委员，为革命事业做出了重大贡献。不幸的是，1941 年福州第一次沦陷时，他带领队伍从邵武日夜兼程向南挺进，拟开辟抗日游击基地，9 月 21 日在建阳遭遇一股土匪，战斗中不幸牺牲。

七七事变后，日本飞机不断空袭福州等沿海城市。1938 年，英华中学分批迁往顺昌县洋口镇。我们住的同善社是彭德怀、滕代远率领红军东线兵团解放洋口的指挥所，墙上还留有“打倒土豪劣绅”等标语。1939 年，第一届英华党支部成立（后改为“特支”），党员遍及初、高中。支部通过自治会、级会进行抗日宣传活动。谢修清老师一连几天为全校学生教唱抗日救亡歌曲，歌声久久回荡在校园，激动人心。1941 年 4 月 21 日，福州第一次沦陷。9 月 3 日，福州光复，全校欢腾。同学们集会，痛斥日寇在家乡的暴行。皖南事变后，黄扆禹到洋口向特支传达中央“隐蔽精干、长期埋伏、积蓄力量、以待时机”的方针。

1945年抗日战争胜利后，学校迁回福州。全国掀起爱国民主高潮，中共闽江工委在校成立两个支部，分别由陈学仕、郑锡基为书记，广泛组织读书会，开展进步文艺活动，学生运动波浪式展开，如支援北平沈崇事件，声援省福中学生被警察殴打的“三二五”抗暴运动，声援反饥饿、反迫害、反内战运动等。同学们一直坚持斗争，在运动中壮大党组织，为福州的解放，为迎接新中国的诞生做出很大的贡献。

1947年，不少英华人（包括当时在校的黄回良）响应省委号召，到农村山区开展游击战争。龙山会议上曾焕乾、何有礼荣获英雄称号。1949年3月，林坡被国民党保安队活埋于长乐，就义前高呼“共产党万岁”。

应该看到，英华中学的办学思想和实践有助于革命传统的形成和发展。陈芝美校长为育才兴邦，提倡爱国民主。他组织师生参与抗日救亡活动；摆脱当局控制，提倡学术自由，探索真理，图书馆有各流派的书刊，包括《新青年》；顶住压力，聘请德高望重的进步教师陈衡庭，接纳出狱后的省福中杨永耿（杨浚）、真树华为转学生。外籍老师沈维德等也曾掩护共产党员学生……

弘扬英华革命传统，学习先烈和前辈们崇高的理想信念，努力提高素质，坚定不移地为建设中国特色社会主义而奋斗。

附：　一封50年前的信*

亲爱的麦克：

很长时间我就想写信给您，但因功课忙且受福州沦陷影响，心情不愉快，很抱歉，这封信太迟寄给您。我所知道、我所记得的最近几个月的情况，有许多许多心里话要告诉您，但不知这封信的内容能不能使您感到满意。

您离开后，我们继续日常工作和学习，听到林观得主任、陈云章老师以及军事教官要调离学校，身边无父母照顾我们，只有上帝和老师。我们带泪送他们。

我们努力种植和饲养家禽。野猪时常闯入我们田园损坏植物，窃贼偷我们的生产果实，然而，我们仍继续进行。有些同学饲养牛羊。黄天银、孙道华和我买了一头母兔和四头小兔，我们高兴地喂养着，准备新年除夕来一个“H”（聚餐）。我们还养了五只小鸡，可惜已死了三只。

英文课对我们似乎不如田园工作和中文课那么重要。我自学英语，班英语主要指导者陈文相不在，帮助级友没有放松。英语智能测验刚举办，很高兴我们班平均成绩很好。因为功课忙，英文杂志看得比较少，如条件允许，我将继续阅读。

我们的dozu（读书）俱乐部迄今未有活动，新的dozu俱乐部组织人选未宣布，我们都感到不开心，因为得不到您的指导和同您一同游玩。我们都希望您时常写信来。

日本侵略者撤离我们故乡的消息不断得到证实。9月3日电报福州光复。那晚我们走遍全洋口所有街道，快乐气氛笼罩全校，鞭炮声、欢呼声和歌声交织在一起。以后，我们走出校园外，但月亮星星不作美，夜空漆黑一团，

---

* 1993年1月，陈世明收到美籍老师穆蔼仁（Donald Maclnnis，1940—1941年在洋口英华执教）从美国寄来的信。这封信是1941年10月陈世明在洋口英华读书时寄给穆蔼仁老师的。时隔50余年，穆蔼仁老师从箱底翻出又寄了回来。

只有远方森林夜莺的清晰叫声时断时续，悦耳动听。三天后我家来信告诉日本侵略者在福州的野蛮行径和家里的损失，日本侵略者是我们共同的敌人。学生代表向校方申请更动学期时间，大部分学生离洋口回家，但我仍住在洋口。福州没有什么实质上的变化，省政府主席换了，米价较廉。

我们班活动照常。自己辅导英文和作文修辞，并教唱几题（首）新歌。黄维溪老师倡议设立惊涛穷学生助学金委员会，得到大家一致同意。我们在募捐，您是否高兴也贡献些？

我们学校现无力供应夜间学习油灯用油，只好作业放在清早做。陈芝美校长计划本期办四件事：生产、美化校园、科学、基督教。第一件事我们已经完成，我们养羊、猪和鸡，每周到田园工作一次。现正在美化宿舍到图书馆的校园。

毕利老师一家搬到这里，我们看到他们的婴儿，一半像爸爸，一半像妈妈，整天在屋外玩。毕利先生担负您过去英文修辞和作文的教学任务，学期担任我们的导师。请代向关心中国的您的朋友问候。

诚挚的

陈世明

1941 年 10 月 31 日

福建协和大学地下党革命活动*

福建协和大学是一所具有光荣革命传统的学校。协大师生员工在地下党领导下与日、顽反动势力进行了不屈不挠的斗争，涌现了许多革命先驱先烈，其中有10位共产党员烈士。协大革命斗争史堪称一部悲壮的史诗，现记述协大地下党革命大事和风云人物。

全民族抗日战争前

早在协大建校后第三年（1919年），为声援五四运动，协大学生代表陈锡襄、李圣述联络福州各校于5月7日举行全市学生示威大游行。全市学联成立时，陈锡襄被推选为评议长，开展了一系列反帝爱国运动，其中收回教育权斗争历时7年。

1931年，共产党员郑维新、叶光明升学到协大，与时任协大学生自治会常务干事、福州反帝大同盟领导卢懋榘等组织读书会，学习革命理论和进步文艺作品，进行反日救国宣传，并以学生自治会名义为东北义勇军和淞沪抗战的十九路军募捐，追悼抗日英雄胡阿

* 本文由福建师范大学协和学院“协和文化寻根”课题组整理。原刊《福州党史》2013年第2期。

毛，反对国民政府签订《淞沪协定》等。

1932年，郑维新领导福州民众抵制日货运动。同年11月20日，他带领100多位爱国群众一路游行示威到福州警察局，要求惩办奸商、释放被捕群众，义正词严地斥责局长丘兆琛镇压抗日运动的罪行。丘兆琛恼羞成怒，命令卫士开枪，郑维新身中数弹，壮烈牺牲，时年21岁。这就是震惊全国的“郑维新事件”。1934年4月10日，郑维新烈士追悼会在福州英华中学大礼堂召开。

1935年，卢懋榘等领导协大罢课，声援“一二·九”运动。

全民族抗日战争时期

1937年7月7日，中华民族全面抗战开始，协大师生大力开展抗日宣传。不但在校内，还扩展到校外，由进步教师带队，男生去闽北，女生去闽南，用多样化（歌咏、话剧、讲时事等）的宣传方式向民众宣扬抗日思想。同年10月，进步学生陈必猛、马恭铎（马飞海）、龚约翰、韦美秘密串联校外的卢懋榘（党员），在韦美家集体学习，评论时局，指导学运。12月3日，协大百余人举行抗日救亡大会，李冠芳教授发表慷慨激昂的演说，翌日被捕，后被杀害。12月，陈必猛、林辰、龚约翰被捕，经营救，一周后获释。1938年，陈必猛、龚约翰、马恭铎参加新四军。1938年5月31日，协大迁至邵武，同年，中共福建省委在崇安成立。

皖南事变后，从1941年到1943年，国民党顽固派三次大规模向崇安、邵武、建阳等地“围剿”，并实施特务政策。1941年，时任省委武夷干校教育长卢懋榘被捕牺牲。《福建党九年斗争总结（草案）》中描述：“通讯队转回崇安附近，受袭击。卢懋榘等同志被捕。被捕后他不顾敌人严刑拷打，在集中营里，每次上课他都挺身而出，与之辩论，课后又与自己的同志上第二课，揭穿敌人的欺骗。

每次如此，每次拷打，直到他停止了呼吸。”他的斗争、崇高的革命气节感动了群众，很快传遍各地。

协大迁到邵武后，在校的两位共产党员林辰、肖玉英都由省委直接领导，相互间没有横向联系。林辰教授担负闽江工委建（阳）松（溪）政（和）特委的交通联络。生物系肖玉英进校前已是建瓯县县委委员，参加过武夷干校第三期学习。时任赣东特派员庄征向她传达白区“精干隐蔽”政策，要她在校广泛联系群众，进行有理、有利、有节的斗争。她创建笔会、办壁报，得到自治会主席林文澄（进步同学）的支持；她促进协大剧团演出《家》《雷雨》《北京人》《原野》等剧本。黄惠珍是活跃分子，大力进行抗日进步宣传，特别是配合庄征等以“特”反特斗争。1941 年，肖玉英、黄惠珍、林天斗被捕，1942 年初释放。1983 年 12 月 28 日，省委原常委王一平在邵武党史庆祝会上特意让“肖玉英讲了一下协大的工作，我感觉这个材料很宝贵”。

1944 年秋，曾焕乾、何友礼秘密组织读书会，吸收陈穆穆、姚兆民、陈世明、马玉銮、鲍良玉、傅子礼和陈振华参加。他们学习《方生未死之间》及郑公盾（能瑞）从外省寄来的《论联合政府》《论解放区战场》等文件；在党员刘子崧教授家听其讲时事。1945 年 3 月，学生大会推选曾焕乾、黄猷等 5 人配合林天斗常务理事领导同学对姚家开展反霸斗争。10 月，学生自治会主席郭可禾接受殷德征、马玉銮等 8 位女生建议，在曾焕乾、黄猷、何友礼等帮助下，领导全校学生罢课 6 天，反对校方收回女生会客室。因之，1945 年初，协大被省委书记曾镜冰誉为福建学运的民主堡垒。

1945 年秋，闽江工委派何友于到协大建立党组织，因 8 月抗战胜利改在福州进行。年底，协大迁回福州魁岐。

解放战争时期

1945年12月，闽江工委在福州建立学生工作委员会（学委），书记曾焕乾，组织委员何友于，宣传委员何友礼，以协大为工作重点。1946年2月，第一届协大支部成立，书记陈世明，组织委员吴秉瑜，宣传委员翁绳金（杨华）。学生自治会主席黄猷（党员）领导减免学杂费等，并创立时事研究会（林少宗为会长）。当时学委何友礼在校学习，领导协大的主要党员骨干还有鲍良玉。4月9日，闽江工委增补曾焕乾、何友于为闽江工委委员，并于7月24日派曾焕乾、何友于、黄猷为特派员分赴福（清）长（乐）平（潭）、闽西北、厦门等地工作。暑假，学委在螺洲由李铁（闽江工委组织委员）召开干部会议，宣布第二届学委书记何友礼、组织委员陈世明（在协大学习）、宣传委员王毅林。

从1946年春开始，每学期争取学生自治会领导权竞争激烈，有时胜利，有时失败。1946年12月24日“沈崇事件”发生时，学生自治理事会主要领导不是进步同学，这时党组织发动群众，力促自治会领导召开学生大会，实现广大同学的要求。

1947年1月，协大党组织冲破阻力，开展轰轰烈烈的“反美援沈”运动。罢课多天，基督教校青年会主席陈杲（后改名陈果）等在大会上发表爱国言论，格外引人注目。后来，李铁巧妙通过进步学生卢懋海，通知援沈运动“适可而止”。这学期，学委在协大先后建立三个支部：第一支部书记鲍良玉，支委郑一惠、翁绳金；第二支部书记李成章，支委叶心章、赖清晨；第三支部书记陈盛骙，支委林吉安、罗慰慈。另有女生党小组，组长何月秋，后为吴毓桂。

1947年2月22日至25日，闽浙赣区党委城市工作部在林森县桐口乡龙山村（今闽侯县荆溪镇桃田村）召开有里程碑意义的龙山会议，会议贯彻省党代会精神，庄征作《论开辟第二战场》的报告，明确提出“城市工作为农村、为游击战争服务”。曾焕乾、何友礼、何友于是会议领导小组成员，被评为英雄，陈世明评为模范工作者。会议任命曾焕乾为闽浙赣地下军副司令员。

龙山会议后，协大党员陈世明、陈盛骙、林吉安、林建中、叶宜庚、李成章、叶心章、鲍良玉、陈果、郭强民等响应号召，分赴闽东、闽南等地农村，开展活动。陈世明去福清任福长平县工委书记，在曾焕乾领导下开创灵石山武装据点，打通平潭—福清—福州秘密交通线。陈盛骙、林吉安、林建中、叶宜庚去古田县，4 月在卓洋乡发动和指挥农民起义，成立古田游击队，5 月在邹岭乡岭里村发动农民破仓分粮，夺取枪支、子弹、手榴弹等，有 32 个农民上山打游击。6 月，这 4 位同志被提拔为古（田）罗（源）林（森）中心县委委员（陈盛骙为副书记）。这两支游击队合并为古罗林游击队，后在罗源长柄丘战斗中，陈盛骙临危不惧，指挥一个班阻击敌人，掩护游击大队撤退。12 月中旬某天黎明，为掩护省委常委阮英平等 6 人安全突围，陈盛骙和阙东生英勇奋战，壮烈牺牲，时年 21 岁。

龙山会议后，学委把校各党支部合并为一，书记赖清晨，支委曾世弼、罗慰慈。支部派翁绳金等深入魁岐乡，办民众夜校，吸收凌尚武等青年农民入党（后成为游击队骨干）。支部领导“反内战、反饥饿、反迫害”爱国民主运动，如 1947 年 3 月声援省福中“三二五”反迫害斗争。由曾世弼主持召开福州 7 所大专院校代表会议，公推协大自治会为市学联主席。同年 5 月，因福州物价暴涨，政府中断平价米供应。5 月 16 日，自治会常务理事曾世弼、陈道章等率领全校 600 多名学生（仅缺 12 人），冲破阻力，乘船到福州台江码头，冒雨游行到省政府，一路喊口号，散发传单，沿途大专院校学生纷纷加入队伍，迫使省政府主席刘建绪答应供给各校平价米。

1947年5月31日，国民党顽固势力计划对协大学生进行突击逮捕。当天，刘建绪派省教育厅厅长找到陈锡恩校长，妄图让校长按照名单通知学生开会，然后全部逮捕。陈锡恩校长拒绝。当夜共逮捕12名学生——曾世弼、赖清晨、郑元章、黄小石、吕廷祥、林少宗、赵峥、林宇光、陈德宝、朱子良、朱礼昇、吴汝霹——前5名为共产党员。党支部组织抗议，请愿、营救、探监，迫使当局释放，史称“六二事件”。

1947年9月，学委书记何友礼在马尾主持开会，重组协大支委会，书记陈道章，支委李开华、郑崇德。11月18日，协大开会，抗议国民党顽固势力屠杀浙江大学学运领导人于子三，罢课5天，印发宣言。当时最引人注目的是，学生自治会理事庄思明（党员）在校园最醒目的光国楼宿舍大门口所贴对联：“一个人倒下去；千万人站起来”，横批“悼念于子三烈士”。年底协大党支部由学委转至福州市委统一领导。

1948年4月，闽浙赣省委错误地认为城工部为敌特所控制，导致了“城工部事件”。当时被错杀的校友有曾焕乾、何友礼、何友于、林吉安、郑一惠，1949年4月吴毓桂也受牵连。曾焕乾罹难时，一片丹心地向执行人员说：“将来审查清楚了，承认我是烈士。”得知城工部事件后，吴毓桂勉励同志们：“革命免不了会有挫折，重要的是要坚定。在任何情况下，都要相信党，相信我们的事业。”1956年，党中央批准福建省委报告，为城工部冤案平反昭雪，牺牲的同志被追认为烈士。

城工部事件后，其所属组织与上级失去联系，仍坚持斗争。协大党组织由福州市委委员庄弃疾新发展一个支部，书记庄思明，成员有朱晨、刘汝为、谢瑞琬等。下半年，原支部（陈道章为书记）也归之领导。1949年1月，两个支部合并为中心支部，书记刘汝为，副书记郭强民、林世芬。另外有吴毓桂领导的支部，党员陈静、陈士俊、罗郁文等，还有林坡、李心鉴等。当时的主要工作有：

奔赴农村打游击。除吴毓桂领导的组织在福州市区活动外，翁绳金于“六二事件”后发展领导连罗游击总队，武装人员达800多人。1948年上山打游击的有郑崇德、朱晨、黄世杰、吴大挺、林坡等。1949年打游击及支前的有林世芬、王琰琛、伍益辉、陈春三、林智临、陈俊杰、陈双辉、郑元章等。1949年8月1日，黄世杰率领游击队员配合解放军先头部队在闽清县打了一场以少胜多的阻击战。1949年3月，林坡在执行任务时被捕，被活埋于长乐坑田。

学生运动继续发展。1948年5月开展“反美扶日”运动，罢课4天，发表《反对美帝扶植日本侵略势力复活宣言》。同年10月开展平价米斗争，罢课3天，推举学生自治会常务理事施自祥、郭强民、谢瑞琬为代表，率领百余同学前往省政府谈判交涉，取得成功。1949年4月，协大学生自治会代表曾树梅（党员）在吉祥山救火会主持福州大专院校代表追悼南京“四一”罹难大会。1949年初的助学运动，组织学生到福州中亭街台江路募捐，散发传单，发表演说，唱革命歌曲。同年6月，自治会常务理事赵可宸（党员）等发动留校同学在非耕地种瓜菜及义卖等生产自救活动。

开展独特的校园革命文化活动。时事研究会（负责人程秀南、柯冲、王琰琛）剪贴上海、香港报刊对解放战争和解放区的报道，举办时事讲座等。民歌社（负责人伍益辉、王石生、蔡祝龄）教唱革命歌曲。木刻漫画社（负责人余梦仙）创作革命作品。各壁报联合为“壁联”，形成强大舆论。党内书刊《论联合政府》《新民主主义论》等也秘密流转。

为了迎接解放，党组织团结广大师生员工，包括通过基督教青年会（会长陈杲、卢懋海）和民盟（负责人颜汉春、施自祥等）以及进步社团，群策群力。由郭强民等为代表，建议校方组成护校委员会，提出“坚持不停课，坚持不迁校，坚持保护校设备、财产图书和档案”，组织并加强巡逻保卫，防止敌特等袭扰破坏；又组织党员及积极分子分 9 路外出搜集敌特军队设防情报，交给解放军；由程秀南策反，军统特务头子的情报员林某某交出潜伏电台及 20 多名潜伏特务名单。另外，时任福建省银行总行主任秘书的刘子崧（党员），主动协助行长许显时（民革成员）采取阳奉阴违的拖延办法，保护库存黄金 2000 多两、银圆 30 万元等，交给福州军管会。

革命据点茶亭真神堂史况*

福州市台江区茶亭真神堂，1945 年至 1947 年是中共闽江工委（后为城工部）所属学委的活动地点，是中共协和大学党支部成立的地方。

这个据点的主要交通员、接头户是陈世明的母亲马淑钗。抗日战争前，马淑钗家就在茶亭真神堂内。她的丈夫陈宝善是英华中学的工人，家境贫穷。他们的孩子陈世明在协大读书时受到党的教育，参加了革命活动。抗日战争胜利后，协大迁回福州魁岐，陈世明就住在真神堂内。马淑钗积极支持儿子从事革命活动。

1945 年秋，由曾焕乾任学委书记、何友于任组织委员、何友礼任宣传员的闽江工委学委正式成立，负责领导福州、厦门、南平、福安等地的大中学校支部工作。成立地点就在真神堂内。

1945 年底，中共闽江工委书记庄征、组织委员李铁、学委何友于和何友礼经常在真神堂后座（马淑钗家）会面，商讨工作，研究对付敌人的策略，庄征还讲了怎样对付敌人跟踪的办法。后来，住在何厝里的何友于、何友礼经常来真神堂与陈世明交换革命书籍，陈世明也常到何厝里与他们谈论天下大事，接受新的工作。1946 年 2 月，陈世明在何厝里由何友于、何友礼介绍加入了中国共产党。

---

* 原刊《台江党史资料》总第 20 期（1987 年）。

协大迁回福州尚未复课时，何友礼、陈世明就在李铁的具体领导下组织协大一些思想进步、倾向革命的同学，如卢懋海、刘文圻、罗慰慈、林吉安等参加读书会。这个读书会就设在真神堂内，有时也在罗慰慈家。大家集体学习《民主》《文萃》《世界知识》以及艾思奇《大众哲学》等进步书刊。

中共闽江工委抓住协大迁回福州这一时机，决定在协大建立党组织。1946 年 3 月，全体闽江工委学委委员以及吴秉瑜、翁绳金（杨华）、陈世明等 6 人在真神堂后座成立第一届中共协大党支委会，由陈世明任书记，吴秉瑜任组织委员，翁绳金任宣传委员。协大复课后，支委员的主要活动虽在校内，但与学委联系还是在真神堂。

1946 年夏天，李铁在螺洲主持召开学委扩大会议，改选第二届学委，成立了以何友礼为书记、陈世明任组织委员、王毅林任宣传委员的新学委。当时何友礼断断续续地在真神堂住了好几个月，几乎每周学委都在真神堂碰头，陈世明主要负责学运重点协大的工作。北京“沈崇事件”后福州爆发学运，就是在真神堂决定发动的。协大学生于 1947 年 1 月 4 日集会抗议美军暴行，是这次学运的一个重要组成部分。

1947 年城工部龙山会议后，协大 10 来位学生党员骨干响应省委号召，分别到闽东北（宁德、古田）、闽南（南安、厦门）、福清等地参加革命活动，陈世明去的是福清。协大支委林吉安因事由何友礼安排暂住真神堂，马淑钗精心照料。林吉安临行前，马淑钗请他吃太平面，林吉安十分感动地说：“我参加游击战争去了，等福州解放，一定首先来看您。”可惜，解放前夕，林吉安为革命捐躯了。

马淑钗、董桂英（何友芬母亲，何家所居何厝里与茶亭真神堂相距不远，是地下党在福州的另一个重要据点）、吓春嫂（凌尚武母亲，在魁岐）都热忱支持自己的子女参加革命工作，这三位妈妈自己也投身革命，被称为“革命老妈妈”。马淑钗、董桂英、吓春嫂亲如姐妹，吓春嫂来福州时几乎都要到真神堂找马淑钗交流革命工作的经验。这期间，马淑钗在党的培养下逐步成长起来，她常常冒着生命危险搞联络、通讯、宣传，掩护同志的工作。何友礼叫她送传单、文件，或寄存文件、书刊，她都完成得很好。城工部“布变”活动时，何友于、何友礼把部分文件寄存在真神堂，马淑钗妥为保存。当时何友礼还给马淑钗讲高尔基著作《母亲》的故事，更加坚定了她为革命工作的信念。陈世明也常对来真神堂做礼拜的教徒讲帝国主义、封建主义、官僚资本主义、国民党反动派压迫和剥削人民的罪恶，告诉他们天国要建在人间，由此帮助爱国的基督教徒从同情到支持革命，逐步走上革命征途。

1947 年初，马淑钗还去福州东门礼拜堂向女布道士等宣传革命道理，鼓励她们参与革命活动，最终基督教会的真神堂与东门礼拜堂都成了我党的地下联络据点。庄征、李铁、曾焕乾、马玉銮等都先后到过东门礼拜堂，中共福长平工委的同志因“布变”也将其妻儿留在东门礼拜堂“避风”。

茶亭真神堂自从成为我党地下据点后，先后有城工部正副部长及地下党员 20 余人在该据点活动过。

1948 年 3 月，关在鼓东路省高等法院监狱的 20 多位政治犯团结狱中数百人开展反迫害斗争（绝食）。城工部福州市委直属特支及中共闽（清）古（田）林（森）罗（源）连（江）五县中心县委组织营救被捕的同志，马淑钗联络被捕同志家属，积极配合这一斗争，最后取得了胜利。

1948 年 4 月，国民党闽清县警察局带敌 30 余人搜捕我党据点，破坏了党在闽清、永泰交界处麟洞村的闽清县委。县委武装部负责人刘志德在战斗中牺牲，当地同志无法找到其家属。后马淑钗历尽辛苦，凭福州西门外祭酒岭的线索，终于了解到刘志德即蓝成友，使其在宁德的亲属得到了优抚。

龙山会议彪炳史册

1947年2月22日至25日，中共闽浙赣区党委城市工作部在林森县桐口乡龙山村秘密召开干部会议，贯彻中共福建省党员代表会议精神，并宣布区党委决定，正式成立闽浙赣区党委城市工作部，史称“龙山会议”。

龙山会议召开之前，中共福建省委在南平巨口乡黄连坡召开了党员代表会议，传达党的七大精神，总结福建九年斗争的经验教训，决定撤销闽江工委，成立闽浙赣区党委城市工作部，确定庄征为部长，李铁为副部长。会议增补庄征为省委委员，李铁为候补委员。

龙山会议贯彻省党代会精神，是城工部成立的盛会。会议地点在深山里的革命基点村龙山村横头陀。这里山高坡陡，森林茂密，山后可通福州北峰，是闽浙赣游击队革命活动的据点，属林森县委林克俊等活动地区。会议代表分几路上山，多数从北峰岭头翻山步行。何友礼带学委同志于22日下午三四时在洪山桥汇合，然后步行到桐口山脚下。天刚黑，何友礼先驻足确认羊肠山路无误后，招呼大家爬山，走了近个把小时来到半山的一栋房子，各路来人陆续到齐，第一夜就在此地开会。会议进行到半夜，为安全起见，连夜又向东沿着山路转移到近山顶的郑金伙单落厝继续开会，屋前左侧有口水井供生活用。

参加会议的有闽江工委委员及所属学委、市委、县委、调委，等代表，共30多人，都是党的领导骨干。多数是福州英华中学、协和大学、福建农学院、福建学院的学生党员骨干，或刚离校不久的职业革命者，其中有庄征、李铁、孟起、杨申生、曾焕乾、何友于、何友礼、孙道华、简印泉、傅孙焕、真树华、林立、林克俊、陈清官（关平山）、王毅林、陈世明、张衍涛、郑锡基、林英、郑杰、徐兴祖、洪通今、王孝桐等同志。

会议由庄征、李铁主持，会议领导小组由庄征、李铁、孟起、曾焕乾、林立、何友于、何友礼组成。

为安全及保密起见，与会者均戴上黑布口罩，只露眼睛和嘴巴，不报姓名，以代号为名，互相不打招呼，不接触。按原组织编成小组活动。只凭记忆，不做笔记，食宿都在房内，白天休息，夜里点马灯开会。

第一天，庄征首先传达省党代会精神，宣布闽江工委扩大为区党委城工部，传达《福建党九年斗争总结（草案）》，宣读《闽浙赣区党委关于开展游击战争给指战员的一封信》，并总结了闽江工委两年来的斗争，作了《论开辟第二战场》的报告。

报告首先分析了抗战胜利以来福建党的工作历史，阐明依靠农村发展城市，又通过城市发展农村的规律，是福建白区党组织始终未被打垮的根本原因。报告分析了福建中小城市的特点，提出发展城市爱国民主运动，开辟第二战场，也是城市为农村服务的具体表现。城市党员必须树立为农村服务的观点，一切工作应朝着为农村服务的方向努力，树立脱下中山装、学生装，和广大农民联系，与武装斗争结合的决心。

报告阐述“怎样开辟第二战场”。首先分析形势，肯定民变、兵变是必要和可能的。怎样发动民变？报告提出：（1）必须同情农民，接近农民，了解农民，启发农民；（2）根据当时当地具体情况和群众觉悟程度，发动群众为解放而斗争；（3）提出群众最容易接受的口号，从群众迫切要求的小斗争做起；（4）善于把党的口号和任务变为群众的口号和行动。对于发动兵变，提出等待时机、扎实地做好内应、注意配合等要求。他列举我党进行兵变、民变的实例，如彭湃、张鼎丞等的斗争故事。

报告规定“开辟第二战场”的任务是：（1）在学校开展爱国民主运动，在工人中领导下层斗争；（2）动员输送干部到农村中去，发动民变、兵变；（3）开展内应工作，发展军运；（4）打入国民党机关和敌特组织，取得情报；（5）利用敌人内部矛盾，打击敌人，瓦解敌人；（6）开展经济工作，支援游击队及党组织。

报告在思想建设方面，针对城市党员转战农村，讲了3点：（1）“认识必然，掌握偶然”，说明游击战争是历史发展的必然，但必须做艰苦的工作，抓住各种机遇（即偶然）来开展斗争；（2）“依靠组织，依靠群众”，解释闽浙赣区党委信中所写的“开展游击战争，没有经验，不懂山路……依靠群众都可以解决，没有枪可以向敌人要（夺取）”；（3）顽强地进行斗争，在福建敌人的武装力量现在比我们强大几十倍，思想上要准备应付可能遇到的种种困难。

总之，报告正确阐述了城市工作“以学校为重点，为农村服务，为游击战争服务”的指导方针，对城市具体任务和有关政策作了解释，并提出明确要求。《论开辟第二战场》的报告对城市工作起了重要的指导作用。

报告对与会者是工作部署，又是动员令，大家深受启迪教育，明确了方向，增强了信心，鼓舞了斗志，会后都雷厉风行地贯彻。许多同志（协和大学就有10位）响应号召到农村山头去，与贫雇农结合，开创游击战争的新局面。

李铁主持大会，多次进行启发引导，林森县委林立在会上生动介绍农村工作经验，大家分组讨论，学委小组由何友礼主持。

会议决定建立城工部领导的闽浙赣地下军，林白、曾焕乾为正、副司令，庄征、李铁为正、副政委，下辖闽海、闽东两个纵队。

会议用半天时间举行群英会，对闽江工委于1946年7月发起的“争当革命英雄”进行评选，评出庄征、曾焕乾、何友于、何友礼等为革命英雄（各赠金戒指为奖励）及18位模范工作者。

会议既紧张又活泼，会议间隙由福州市委真树华教唱《你是灯塔》革命歌曲，歌词至今仍绕耳：“……年轻的中国共产党，你就是方向，你就是核心……”这首歌随即在当时福州许多党员和进步青年学生中流行开来，鼓舞、教育党员群众勇敢斗争。

龙山会议是城工部历史的重要里程碑，是闽浙赣边区工作的历史转折点，即从闽江工委时期隐蔽精干，积累力量，以学运为重点的方针，转变为城市为农村服务，为游击战争服务的方针，对党的城市工作发展具有重要意义。

龙山会议后一个月，福建省立福州中学（福州一中前身）开展了轰动省内外的“三二五”抗暴斗争。5月，协和大学600多名师生乘船到福州举行游行示威，迫使当局给各校发平价米。同时，长期隐蔽在福建水警总队任警卫排长的陈统安巧妙地运出轻重机枪、20支驳壳枪等，安全运达林森县青口乡西台村山头闽浙赣省委机关。协和大学陈盛骙、林吉安等4人到古田县连续发动卓洋及邹岭农民暴动，创建古罗林游击队……经过一年多努力，城工部已发展到闽、浙、赣、湘、台5省，成为拥有“党员三千、干部二百”的城市党组织，不仅有效地促进城市爱国民主运动的发展，而且有力地支援了农村游击战争。

尽管1947年9月及1948年4月发生两起冤案，1948年4月与上级失去联系后的城工部基层组织和广大党员群众在极端艰险的情况下，依然坚守信念，分散独立坚持革命斗争，经受了严峻的考验。林白率领一部分党员群众，在福州周边闽清、古田、林森、罗源、连江五县勇敢、灵活地开展武装斗争；平潭游击队依靠自己的武装力量，解放了平潭县城；黄世杰领导闽清游击队配合解放军先头部队，取得闽清县清溪阻击战的胜利；当地城工部基层组织及其游击队将武装斗争和统战策反相结合，和平解放了周宁、宁化、清流、明溪；厦门城工部组织121位党员分赴闽西南等游击区进行革命活动。到福建全境解放时，由城工部发展的革命武装队伍达20余支，人枪4000余。

与武装斗争相呼应，城市“反内战、反饥饿、反迫害”爱国民主运动达到前所未有的高潮。城市的党员群众运用《大众报》《小火星》等报刊，传播人民解放军胜利消息，介绍解放区人民翻身做主人的情况，宣传党对新解放区政策“约法八章”，揭穿敌人的造谣诬蔑，赶制张贴解放军布告，搞好统战策反、护厂护校工作，支援和配合解放军第十兵团进军解放福建……

实践证明，在龙山会议精神指引下，城工部在白区的工作卓有成效。城工部的历史，有许多传奇色彩的故事，城工部的经验教训是非常丰富又非常深刻的。庄征、李铁等先烈和许多城工部党员始终以浩然正气、昂扬锐气、蓬勃朝气书写无愧于人民、无愧于国家的时代画卷。

龙山会议旧址自2007年被发现以来，在历任闽侯县委、县政府的关心、支持下，在不少城工部老同志和革命后代的共同努力下，特别是在省政协原主席游德馨的关心下，投资100多万元、占地1亩多的龙山会议纪念馆，于2012年10月25日落成开馆。

开馆以来，前来参观的党员、干部、群众、大中小学生络绎不绝。现在纪念馆已成为闽侯县的爱国主义教育基地、国防教育基地、青少年德育教育基地、福建省党史教育基地、福建师大英华学院教育基地……

龙山会议精神永放光芒！

龙山会议精神永放光芒*

同志们：

今天参加这个盛会，我非常高兴！非常荣幸！

几天前，我国著名作家吴东南夫妇从香港打电话托我和刘亚琴（刘忠瑶烈士女儿）向纪念馆致以最热烈的祝贺。今年（2012 年）初，中国作家协会副主席蒋子龙、天津《环渤海经济瞭望》首任总编林开明，就已为纪念馆题词献诗。我已征求他们同意，编入庄征纪念文集。老同志对这次会议是一月盼一月，非常热烈！非常诚挚！非常认真！

首先，我衷心感谢闽侯县委和游德馨主席等多年的努力，为建设龙山会议纪念馆这个爱国主义基地做出了巨大贡献，这将进一步传承革命传统，弘扬福建精神。

65 年前，我们关在房子里面晚上开会，白天不能出来，声音要很小，不能暴露。每人戴着面罩，只露眼睛嘴巴。开会是很不容易的。在纪念龙山会议召开（也即闽浙赣城工部成立）65 周年的日子里，王毅林已在福建几个报刊阐述了城工部是在曲折斗争中崛起的

---

* 本文系 2012 年 10 月 25 日在龙山会议纪念馆开馆仪式上的发言。原刊英华《嘤求通讯》2013 年 3 月。

丰碑，是一面旗帜。我们今天要隆重地树立这个丰碑。

当年龙山会议开了四天，都是由李铁主持，庄征作了一天的《论开辟第二战场》的报告，《中共闽浙赣边区史》曾大篇幅刊载。庄征还讲到彭湃、张鼎丞的革命故事。龙山会议后，我在庄征、李铁直接领导下工作。1947年省委“八二八”会议时，我和他们在深山的省委机关同住一个月。庄征在以“特”反特斗争中显奇才，立奇功，罹难前不久曾写《咏志》诗：“人生何所求？献身为人民”“举臂誓言坚，忠诚党事业”。这是他的座右铭。龙山会议上评选出4位英雄，除庄征外，曾焕乾、何友于、何友礼都是协和大学同学。还评选了18位模范工作者，其中王毅林和我都是李铁领导的两届学委委员。李铁是“一二·九”学生运动的党员骨干，1938年从外省异乡南下白区福建搞地下工作。他是一身正气、有学者风范的良师益友。去年李铁的女儿郭洪送来李铁纪念文集的清样，其中有黄猷写的一篇回忆文章。那时黄猷是协和大学学生自治会主席，当初他从协和大学以闽江工委特派员身份去厦门工作时，李铁告诫他要有革命志气，投身火热的革命实践。

今天发布城工部两任部长庄征、李铁的纪念文集，这两本书回答了“什么是龙山会议精神”。请大家好好阅读。庄征烈士讲“献身为人民”，不是讲钱讲权。

我可以见证：1947年2月参加龙山会议所有30多位同志，个个（我说的是每一个人）都有动人的革命故事，都经受了实践的、历史的严峻考验，为党为人民做出了不可磨灭的贡献。历史也证明：许许多多城工部党员、群众在革命、建设、改革的峥嵘岁月里，做了许多有益的工作，是好样的。

龙山会议后，以协和大学为例，10位同学奔赴农村。我脱产去福清县，不懂游击战争，就靠庄征报告中思想建设的八个字“依靠组织，依靠群众”，在曾焕乾领导下，开创福清县东张镇灵石山武装据点。陈盛骙率领协和大学第三支部林吉安、林建中、叶宜庚共4人去古田县，两个月就发动卓然乡及邹岭乡农民武装暴动。1947年6月，这4位都被阮英平提拔为古罗林中心县委委员，创立并领导古罗林游击队，陈盛骙任副书记，李继藩任书记。李继藩后被敌人杀害，他是我英华中学班友（我班有8位烈士）。同年12月，陈盛骙和阙东生在宁德为掩护省委常委阮英平等6人安全转移战斗牺牲。值得一提的是，陈盛骙、林吉安外，还有一位支委是罗慰慈，他后来是我国医学界呼吸道领域的泰斗。每当他想起龙山会议后，在魁岐小山上召开最后一次支委会的情景，都潸然泪下。

前几个月，福建师范大学协和学院课题组在校刊发表文章说，到我家访问，听我介绍协和大学英烈，深感与先烈的差距，自觉责任重。正如《红色娘子军》主题歌唱的那样："向前进！向前进！战士责任重。"我曾在《王毅林选集》中引用国学大师季羡林的名言："人生的意义与价值就在于对人类发展的承上启下，承前启后的责任感。"龙山会议健在的只剩两人，王毅林90岁，不能从厦门来参加。我虚岁也90岁，相信并期盼大家同心协力，以庄征、李铁烈士光辉形象为榜样，像以陈盛骙为书记的支部雷厉风行贯彻龙山会议精神那样，以高度责任感、使命感弘扬革命精神，为人民谋幸福。

弘扬龙山会议精神*

龙山会议纪念馆开馆一周年之际，我回顾一年来如何弘扬龙山会议精神，以实际行动纪念开馆周年。

第一，办了几件事。一年来，《福州党史》每期都发表我的有关文章。去年（2012年）11月，蒙福建农林大学关工委和共青团团委邀请，在会上宣讲了龙山会议精神。

《福建老年报》记者刘维标访问我后，发表了《龙山会议彪炳史册》，同志们电话相告，竞相购阅，报社加印了200份。我提供资料编写的《龙山会议纪念馆简介》已大量印发。

我发表了《悼念战友黄世杰陈果》，并写了《忆小潘烈士》。

被誉为"共和国艺术家"的吴东南战友（笔名"振火"），收到纪念馆开馆详细信息后，来信说："遥望龙山，深感意义重大，先烈的流血，血染红旗，后继有人。今日江山如此多娇，国运昌盛，城工部牺牲的同志一定会含笑九泉。"他赠我5个字：铁肩担道义。他还采纳我的建议写了首诗《永远刻印在人民心里》，弘扬龙山会议精神。

第二，积极学习、交流开馆时发布的庄征、李铁两本纪念文集。

---

* 本文系2013年龙山会议纪念馆开馆一周年纪念讲话。

学习交流的侧重点有两个：（1）这两本书的亮点是什么？对现实生活传递了哪些正能量？（2）庄征、李铁等烈士的光辉形象。

《福州党史》2013年第一期刊载我在开馆时的发言，编者加上评论："庄征讲的是'献身为人民'，不是讲钱讲权，这是一个无产阶级革命者对党和人民事业无比忠诚、无私奉献的肺腑之言。"

今年（2013年）8月22日，罗慰慈来信说已阅三遍，表示："这两本书将永远鞭策着我的有限余生，使我能有他们和您所赋予的正能量激励下，尽瘁过这一生。"金键回忆闽浙赣省委领导中，李铁有丰富的学生运动经验；协和大学战友见证协大反美援沈运动中李铁领导的正确。杨修文在电话中说："纪念庄征的《奇才、奇功、献忠诚》这篇文章起了画龙点睛作用。"他回忆起李铁1947年12月在战坂培训干部时唱苏联革命歌曲的往事。

今年国庆节，在同志们的建议帮助下，我正在把过去的故事整理成书。目的是弘扬龙山会议精神，作为庄征、李铁纪念文集中历史的细节补充。字里行间反映出的英烈精神是我心中永远的丰碑。

具有里程碑意义的龙山会议

一、十次重访龙山会议遗址

新中国成立后，我十次亲临龙山会议革命遗址参加纪念活动。有生之年重返龙山“灯塔”亮起的地方，回望奋斗历程，受益多，感悟深。

第一次，2007 年 12 月 11 日，重返故地，寻找遗址。

在老同志严子云建议，时任省政协主席游德馨支持下，时任闽侯县党史办主任曾忠平及桃田村书记刘长记等千方百计寻找，那天我们得以沿崎岖山路来到会议遗址，只见房基、屋旁水源等。

游德馨、严子云、简印泉、孙子清、黄启权、萨本珪、施作师、庄康星和我等参加了座谈会。座谈会上，先由 1947 年参加龙山会议的简印泉发言，我接着讲话建议建龙山纪念馆，最后游德馨主张先立碑。

第二次，2009 年 2 月 22 日，会议旧址揭碑。

参加活动的有县四套领导班子成员；老同志游德馨、李青藻、唐文光、孙子清、萨本珪、陈世明等；战友后代庄康星、郭洪、陈仁光、林纪华、刘亚琴、简四新、真刚信等；市党史办刘德洪。那天由村委书记刘长记手执红旗引路上山，仪式由县委宣传部部长郑华琼主持，游德馨、杜源生都讲了话。游德馨、陈世明与杜源生（县委书记）、高明（县长）共同揭碑。

第三次，2011年2月28日，纪念龙山会议召开64周年。

当年已有盘山路，攀登222级台阶也可上遗址。

纪念会上，县委书记柯有民，镇、村书记和我先后发言，最后游德馨讲话。市党史办主任刘德洪等参加。

县委组织部部长施玉安带领战友后代为纪念馆奠基，大家为纪念馆开馆作准备。孙子清提出城工部事迹分四部分陈列的建议。

第四次，2012年10月25日，参加龙山会议纪念馆开馆仪式，纪念龙山会议65周年暨相关图书首发。

会议参加者除县领导班子外，有省领导游德馨、黄瑞霖、王一士；老同志唐文光、孙子清、石益、杨涛、陈本禄、汤洪潮、章燕行、林法中、翁其华、陈世明；省党史办黄玲、王盛泽，市党史办刘德洪；英烈后代、各界代表（省农林大、县中学学生）等一二百人。

会议主持人施玉安，游德馨、我、郭洪等发言，县委书记赵学峰致辞。游德馨主持《龙山精神赞》《龙山红旗飘》二书的首发仪式。

战友王毅林、陈式山从厦门，罗慰慈从北京，蔡伯祥从永泰发来贺词。著名作家蒋子龙题词“天地存肝胆”。翁其华、林法中发表《龙山兴胜迹　浩气扬八闽》的报道。我提供素材完成《龙山会议纪念馆简介》，图文并茂，简明扼要，赠送来龙山会议纪念馆参观的各界人士学习。

开馆后，纪念馆成为省宣传教育基地（爱国教育、党史教育）。会后，我被邀请到省农林大学，在该校团委及关工委联合主办的座谈会上，讲龙山会议精神永放光芒。

第五次，2013 年 10 月 26 日，参加纪念龙山会议小型座谈会。

2013 年初，我邀请《福建老年报》记者刘维标采访纪念馆，2 月 23 日，他在该报发表《龙山会议，彪炳万文》，报道纪念馆占地面积 548 平方米，建筑面积 287 平方米，总投资 250 多万元。馆内收集了 300 多件反映龙山会议的史料和实物，内容涵盖从“组织的建立和发展”“龙山会议及其影响”，到“断联后的英勇奋战”“拨开迷雾重见天日”。

座谈会上曾馆长向与会老同志及英烈后代报告了发展纪念馆的计划、设想和实践，计划增加烈士专门展示室，增添音响设施，拍摄影像等。

第六次，2014 年 10 月 25 日，参加纪念龙山会议小型座谈会。

2014 年，我把刚编好的《把天堂建在人间》约百本送给纪念馆。后来我家拆迁，我把自己保存的整箱党史资料也送给纪念馆。我开玩笑说，如细阅，有助成为党史工作者。

第七次，2015 年 6 月 29 日，我应邀到龙山接受井冈山干部学院柯华副院长、欧阳慧教授采访。同时受访的还有李铁夫人程宝兰。

省闽浙赣边区革命史研究会会长陈立典在井冈山干部学院学习，邀请他们来福州与大家谈谈。那天下午，柯华、欧阳慧先上龙山纪念馆参观，然后下山在村会议室访问我们。

第八次，2017 年 3 月 2 日，我到闽侯县老年大学观看龙山纪念馆视频，拍摄《你是灯塔》纪录片等，并参加了会议。

第九次，2017 年 9 月 26 日，我带美国友人穆言灵参观龙山纪念馆。

之前我带穆言灵参加清明节文林山烈士陵园集体祭扫，见到了城工部烈士战友，特别是陈文相的夫人陈茂榕。穆言灵的公公穆蔼仁是飞虎队队员，孙道华、傅孙焕、陈文相、陈世明、简印泉等是他学生（英华中学）。

穆言灵对中国有深厚的感情，她曾是中央电视台英语节目的主持人，拥有许多学习英语的中国观众，她给两个女儿起名“爱中”和“爱华”。

由鼓岭管委会江一帆处长带领，穆言灵三次到开元养老服务中心来看望我。穆言灵翻译了大量鼓岭的材料，对外宣传红色鼓岭，被授予福州市荣誉市民称号，福州多家报纸刊载消息，报道了穆家的福建情结。

第十次，2017 年 11 月 26 日，参加龙山会议七十周年纪念座谈会。

纪念馆影响力与日俱增，成为重要的爱国教育和党史宣传教育基地。座谈会隆重热烈，参加者有省级领导游德馨、黄瑞霖、陈桦、陈荣凯、叶家松，老同志严子云、汤洪潮、何友芬，战友后代真刚信、林万国等。县委副书记陈政宝致词，游德馨最后发言，阐述什么是龙山精神。

我的发言《不忘初心，奋发图强，共圆中华梦》，后刊载在《福州党史》2017 年第一期，也编入我讲述的《闽浙赣红色故事》。

福州闽浙赣边区革命史研究会发表《龙山会议活动侧记》。孙子清在《福建革大通讯》（2017 年 1 月）发表文章《纪念龙山会议召开七十周年——毅林铁肩担道义，世明钢志传初心》。

二、认识、感悟——心声

龙山纪念馆从寻址、立碑、建馆到成为省内重要的宣传教育基地，是全方位高质量发展的过程，是有计划的不断提质增效的过程，关键是把物质层面和精神层面（红色文化）相结合发展，两者双丰收。

《福州史志》2020 年第 1 期刊载陈晨的《福州红色文化的精神物质》，其中 4 条都是以闽江工委（城工部）为实例的，即为理想而献身；集体主义；艰苦奋斗；劳模——革命英雄主义。

我在鼓岭座谈会上谈到，城工部党员在与组织失去联系的艰险条件下，英勇对敌斗争，绝对忠诚于党和人民，因为我们都是为理想而奋斗甚至献身。庄征在《咏志》中写道：“人生何所求？忠诚党事业”“举臂誓言坚，献身为人民”。红色文化能铸魂育人，是龙山精神光芒万丈的关键。

纪念馆的发展，首先是由于闽侯县委坚强有力的领导和支持，又蒙省政协游德馨主席热心引领、指导，全力帮助。许多战友、烈士的后代也倾力支持。曾忠平、刘长记正副馆长以身作则，能干、会干、实干，配合默契，带领同志们共同努力。当然，严子云的建议和努力寻找功不可没。

应该强调的是，龙山纪念馆的建立和发展与桃田村的繁荣息息相关，为桃田村增加了动力和活力。刘长记成长为模范人物，曾忠平兼任老年大学副校长，也是对龙山精神的传承。

抢救龙山会议史料。龙山纪念馆的展陈得到了许多战友的热心支持，例如：杨申生的妹妹把家里的相片集送给了纪念馆；何友芬送来当时开会用的面罩、油灯；关平山的儿子说，会上悬挂的马克思、列宁像是父亲画的。我每次到纪念馆，见景追思，都深受教育。

纪念馆的同志也以负责任的态度编写了多种形式的读物，以传播革命精神、教育群众。曾忠平为编写《龙山精神赞》，五次从闽侯来福州找我，从选材、史实核实到文字规范，都认真推敲。孙子清认为其中纪念关平山的文章未能把他捐献祖产的事表述好，还特意请关平山的儿子陈仁光来我家加以补充。《龙山红旗飘》中对城工部历史的综述由闽侯县党史办原主任叶兴捷执笔，写得很好。后来，曾忠平、俞贤延还以影集形式编写了《龙山精神代代传》，尽可能地收集、核实、呈现烈士的英名、相片、简况。樊建康、叶力生为此做了艰苦的工作。此外，还有以小册子形式发放的《龙山会议纪念馆简介》。这些资料覆盖得很全面，有城工部史实，有游德馨等领导及战友同志们的文章、诗词，还刊登了闽浙赣边区革命史研究会的重要活动等，内容丰富，论述深刻，富有教育意义。

在龙山会议纪念馆中展示了关于庄征的图书《浩气长存》，关于李铁的《雪化方知松高洁》，关于林白的《红色感动》。这些图书正式出版后都专门召开了首发式，大力宣传。

我们不会忘记当年开会时真树华教唱的歌曲《你是灯塔》，便将其定为纪念馆的主题歌，激励人们“永远跟党走”。

三、发扬光大

为使龙山精神更加发扬光大，我建议：

纪念馆要向红色旅游景点发展。附近的东岭已是景区，又是闽古林罗连五县中心县委武装基地。还可以考虑与鼓岭连接，那里有游击队红色据点。

群策群力，有针对性地、更加深入地宣传龙山精神，尝试与院校结合，宣传进校园，开展各种讲座活动。

最近省闽浙赣边区革命史研究会年会，我（也代表省委党校原常务副校长李青藻同志）讲两条期望：

第一，红色精神要代代相传，由我做起。我、凌尚武、何友芬，我们的母亲是革命三姐妹，我们三家的后代陈宁、凌冰、张方林最近相聚在连江革命遗址，缅怀先烈，传承红色基因。省闽浙赣边区革命史研究会推荐我家四代在福州三山陵园抗日志士墙前点燃薪火相传的火炬。

第二，要增强团结。我们要共同努力，不忘初心，牢记使命，以英烈战友为榜样，当好新时代的奋斗者。

龙山会议彪炳史册！

不忘初心　奋发图强　共圆中华梦*

——纪念龙山会议七十周年

2017年是龙山会议七十周年，我是当年会议的亲历者，往事历历在目，记忆犹新。英烈战友的音容、风范和事迹，他们的光辉形象巍然浮现在眼前，我心潮澎湃，感慨万千，眼眶湿润，宛如又和战友们并肩在惊涛骇浪中奋勇前进。

一

1947年1月15日，中共福建省党员代表会议刚结束，紧接着2月22日至25日，中共闽浙赣区委城工部在闽侯县桃田村召开具有里程碑意义的干部会议，史称“龙山会议”。这个会议深入贯彻省党代会精神，明确提出“城市工作为农村服务，为游击战争服务”的方针。庄征作了《论开辟第二战场》的报告。会议宣布省党代会决定，撤销中共闽江工委，成立区党委城工部，庄征、李铁任正副部长等事宜。

会上，由真树华教唱《你是灯塔》，从歌声中我们感受到希望和力量。会后这歌声很快回荡在福州等地的进步师生中。

---

* 原刊《福建党史》2017年第1期。

会后城工部工作成绩卓越，发展速度惊人。许多知识分子党员干部热烈响应会议号召，到农村山区去，与贫雇农结合，开创游击战争新局面。我离开福建协和大学，去福清县灵石山等地开创游击战争据点，开辟平潭到福州的地下交通线。

会后不到一个月，省福中开展了轰动省内外的“三二五”反暴运动。当年5月，福建协和大学600多位师生从魁岐乘船到福州，冒雨举行“反饥饿”示威游行。长期隐蔽在福建水警总队的陈统安等巧妙地将轻重机枪、驳壳枪及一批弹药安全运达闽侯县青口山头闽浙赣区党委驻地。

会后不到一年，城工部已成为拥有党员三千、干部二百的城市党组织，有力地推进了城市“反内战、反饥饿、反迫害”的爱国民主运动，支援农村游击战争。

1948年城工部事件发生后，断联的城工部党员干部对党忠贞不渝，继续顽强斗争，经受了严峻考验。到福建全境解放时，城工部革命武装队伍达20多支，有人枪4000余，和平解放周宁、宁化、清流、明溪。

二

从1945年8月闽江工委成立起，“城工部组织的历史是既带有传奇色彩又含有许多故事的历史，在人们的传说中既对它怀有一种崇敬的心情又对它充满神秘的感觉”。[①] 这千百个可歌可泣的故事汇成龙山精神的洪流。城工部在艰难曲折斗争中崛起，充分彰显了我们奋斗的事业是光荣、壮丽的，今天的幸福生活是来之不易的。

---

① 中共福建省委组织部组织史办公室编著《中共闽浙赣区（省）委城工部组织史概要》，福建人民出版社，2008年，编纂说明第1页。

龙山精神支撑和指引下的英烈战友的光辉形象激发人们奋进。革命前辈庄征、李铁、孟起等烈士燃烧自己，照亮征程。庄征有诗言：“人生何所求？忠诚党事业”“举臂誓言坚，献身为人民”。在峥嵘岁月里，我的革命引路人曾焕乾、何友礼、何友于，亲密战友孙道华、刘志德、陈盛睽、刘忠瑶、郑一惠、林吉安、吴毓桂等烈士都忠于信仰，始终保持浩然正气、昂扬锐气、蓬勃朝气，个个事迹感人至深。当年福州等地许多热血青年为人民求真理，参加爱国民主运动，走上革命道路，其中不少同志成长为职业革命者，表现出革命知识分子的良知、意志、智慧和勇气。战友们的奋斗历程和思想脉络诠释了“钢铁是怎样炼成的”。

这段历史的经验教训值得重视和铭记。例如，为什么城工部功绩大、发展快？为什么会发生城工部事件？又应该如何防范杜绝？史书深刻地指出：城工部事件的根源在于如何正确对待知识分子的问题。[①] 当年林白反复告诫同志们：“当真理原则性与组织纪律性发生矛盾时，作为一个共产党员，一定要服从组织，有时组织决定是错误的，我们既要服从组织，又不能放弃真理。要以正确积极的态度，协助组织来弄清问题：要通过加倍努力工作，打击敌人，来证明自己对党的忠诚。”这发自肺腑之言铿锵有力，现已上升为宝贵经验。1949 年 5 月 5 日，平潭县的战友冒着生命危险英勇战斗，以弱胜强，如期解放平潭，做到了“用行动证明自己”，堪称这经验活用的范例。

许集美在回忆录中写道：“1948 年福建省委内部发生了沉痛的‘城工部事件’，使党的元气受到了很大的损伤。期间闽中地委曾指示泉州中心县委负责处理厦门城工部问题（据说夏门城工部党员、

① 中共福建省委组织部组织史办公室编著《中共闽浙赣区（省）委城工部组织史概要》，福建人民出版社，2008 年，第 94 页。

群众400人，其中许多是大学生)。经过研究分析，我们认为没有根据可以认定他们是内奸或叛徒，最后我们想了一个办法，先让人通知他们从速离开厦门到香港或华东等地，然后再将省委、闽中地委解散城工部组织的布告贴出去。厦门城工部接到通知后，很快就离开厦门，有的往上海转解放区，有的去香港后再回来，有的去闽西南找张连同志等。我们当时执行上级指示，把闽中的错误布告贴出去是有责任的，但我们没有处决厦门城工部的同志，可以说是不幸中的大幸。”这事例和经验受到人们高度肯定和赞扬。

三

为纪念龙山会议召开60周年，2007年12月11日，省政协原主席游德馨带领我们到桃田村，沿着崎岖的羊肠小道走到龙山会议旧址。真是几回梦里回龙山，60年夙愿竟成真。之后闽侯县委、县政府在会址处立纪念碑。2013年10月25日在原址建成龙山会议纪念馆。从寻觅旧址到现在，馆长曾忠平、副馆长刘长记为此花了很大气力。馆内陈列城工部史迹，播放激昂嘹亮的歌曲《你是灯塔》。该馆已成为福建老区革命遗址、福建省党史教育基地及爱国主义教育基地等，近年来参观学习者络绎不绝，福建工程学院和英华职业学院等大专院校师生先后在馆前举行入党宣誓仪式。2015年6月29日，我们陪井冈山干部学院柯华副院长、欧阳慧教授等到此参观访问。我今年93岁，已7次上龙山参加系列纪念活动，每次都受益良多，觉得自己又年轻了，决心走好自己的“长征路”。

如今，龙山会议所在地荆溪镇桃田村已被评为闽侯县幸福家园示范点，正努力建设成为红色旅游基地。

光阴似箭，70年过去，随着时光流逝，加之城工部事件发生至平反历时8年，许多战友牺牲了，不少史料散失或未被重视。好在同志们抢救史料，在有关文献的基础上积极挖掘，追忆反思，编写出大量关于龙山会议的材料。10年来，除重印《中共闽浙赣区（省）委城工部组织史概要》外，相继出版了历届城工部正副部长纪念文集并举办首发式，多位战友编写了革命回忆录，闽侯县连续出版了《龙山精神赞》《龙山红旗飘》等，《福州党史》及省内许多报刊都作了报道。这些著述坚持实事求是，求真务实，主旋律鲜明，增补了不少亲历者的叙述，包括鲜为人知的史实；用简朴的语言，动人的情节，深入浅出地叙述每个感人的故事；回答了龙山会议精神是什么，其思想精神激励着我们坚定理想信念。

龙山精神，光芒万丈。让我们缅怀先烈，弘扬龙山精神，不忘初心，继续前进，同心协力，发奋图强，不断改革创新，建设新福建，为实现中华民族伟大复兴的中国梦而奋斗。

让龙山精神代代相传*

——《龙山精神代代传》序

新时代，新征程，书写新篇章。首先祝贺《龙山精神代代传》一书出版。这本书以影像形式记述具有里程碑意义的龙山会议以及2007年12月11日（寻找会址）以来的历年活动，铭记历史，缅怀英烈，弘扬龙山精神。这本书是继《龙山精神赞》《龙山红旗飘》之后，传扬红色基因的又一佳作。

这三本书使人们感受到我们奋斗的事业是光荣、壮丽、艰险和曲折的。许多爱国志士，特别是热血青年为推翻压在中国人民头上的三座大山，建立新中国，贡献了自己的青春、热血和生命。他们贯彻“城市工作为农村服务”的方针，在城市开展爱国民主运动，在农村建立武装，开展游击战争。人们赞扬中共闽浙赣区（省）委城市工作部功绩卓著，事迹感人，发展速度惊人，斗争经验丰富。革命英烈伟大人格和事迹，是红色基因的鲜活体现，榜样力量催人奋进，龙山精神光芒万丈。

历史是最好的教科书，也是最好的清醒剂。今年（2019年）我95岁了，是当年参加龙山会议唯一的健在者，2007年后，我先后十次参加龙山活动。每逢盛会，我、老伴带领一家三代参加、拜谒、

---

* 本文写于2019年元旦。

瞻仰、学习，往事历历在目，英烈战友的音容风范、事迹涌现在眼前。每次到龙山，我思想都受到洗礼，心灵都产生触动，仿佛又回到青春岁月。

龙山革命遗址从寻找、立碑到创建纪念馆，内容逐步丰富，感谢闽侯县党政领导和许多同志为弘扬龙山精神多年不懈的努力。作者曾忠平、俞延贤带着深厚感情收集、采访、摄影、录像，这本书贵在进一步抢救史料，挖掘新的时代内涵，彰显新的时代价值，激励我们保持革命战争年代那么一股革命热情、那么一种拼搏精神；这本书有助于把龙山精神的红色基因代代相传，有助于我们当好新时代的奋斗者。

在曲折斗争中崛起的辉煌成就*

原中共闽浙赣区（省）委城市工作部，前身是中共闽江工委，简称“江委”，于1945年8月在福州正式成立，书记庄征，组织委员李铁，宣传委员孟起，委员林白、杨申生。“江委”成立后，先后在福州成立福州市委，书记先是杨申生后是孙道华；福州学委，书记曾焕乾；调委（又称福州第二市委），书记陈拓夫（陈振先）；林森（闽侯）县委，书记林立。到1945年底，“江委”已恢复和发展党员40名，在福州和闽侯成立4个党组织，并于1946年4月9日增选曾焕乾、何友于为闽江工委委员。

1946年7月24日，“江委”在闽侯县螺洲召开干部会议，部署巩固福州、发展外县的方针。任命曾焕乾、何友于、黄猷、林立为特派员，赴外地开展工作。不久又陆续宣布成立台湾工委，书记曾焕乾；调查委员会，书记孟起；经济委员会，书记庄征；福安县委，书记阮伯淇；平潭县工委，书记吴秉瑜；福州第二届学委，书记何友礼，委员陈世明、王毅林。

1947年2月，城工部成立，在省委领导下，确立以福州为基地，逐步向外县发展的战略。在全国革命形势的推动下，城工部认真执

* 本文写于2011年。

行中共中央的方针政策，虽经曲折，先后遭受 1947 年 9 月和 1948 年 4 月两次“左”的思潮的严重破坏，仍然在逆境中突围，在困境中创造奇迹，迅速打开局面，发展壮大。

从 1945 年 8 月至 1949 年 8 月福州市解放前短短的 4 年间，江委及城工部不仅很快向农村发展，继而又迅速完成党中央、华东局、福建省委关于迅速恢复浙江、江西两省地下党的组织关系和恢复、发展台湾地下党工作的指示。到 1949 年 8 月福州解放前，已发展成延伸到福建、浙江、江西、台湾、湖南 5 个省 80 多个县市，拥有 3000 多名共产党员的庞大的共产党地下组织。

城工部恢复发展时期，开始时仅是由几十名手无寸铁的青年学生、知识分子为骨干组成的地下党组织。到 1949 年 8 月，已经发展成以知识分子为主体、和工农相结合的革命武装队伍 20 余支，有人枪 4000 余，有 200 多名县以上的领导骨干。解放战争时期，仅在福建，城工部就配合南下大军解放了 12 个县市，争取了 4 个县的国民党军政人员和平起义。他们在逆境中突围，在困境中创造奇迹，涌现了福州联合小组党组织、林白领导的五县中心县委、平潭县游击队、厦门城工部等先进典型，成绩巨大，功不可没。

1946 年 3 月，曾镜冰赴延安向党中央汇报工作返回后，召开省党代会，研究中央关于开辟第二战场、发动爱国游击战争的指示。这次会议是根据中央“向东南各省发展的要求”，决定福建省委扩大为闽浙赣区党委，同时决定以闽江工委为基础，成立中共闽浙赣区委员会城市工作部，其任务是在省内外包括台湾发展组织，大力为农村服务，开展游击战争，开辟第二战场。会议选举庄征为区党委委员、城工部部长，李铁为副部长，李铁、孟起为区党委候补委员。

1947 年 2 月，城工部召开“龙山会议”，会议的主要任务是贯彻省党代会的精神，首先由庄征传达中共闽浙赣区党委《福建党九年斗争总结（草案）》，并由庄征作《论开辟第二战场》的报告，提出开展城市爱国民主运动，进一步阐明城市工作为农村服务的重要意义。

由于革命形势发展的需要，会上宣布成立闽浙赣地下军，林白、曾焕乾任正副司令，庄征、李铁任正副政委。会议表彰了一批优秀干部，并决定抽调一批干部到各地开展农村工作。“龙山会议”是一次重要会议，指导思想是城市为农村服务，使开展游击武装斗争的方向更加明确。

“龙山会议”之后，各地工作均有较大发展，但不幸的是，1947年9月和1948年4月，先后发生两起冤案，使亲者痛、仇者快，使党遭受无法挽回的重大损失，造成极其严重的影响。

1956年中共中央为城工部平反昭雪。历史也已证明，城工部组织上是纯洁的，政治上是坚强的，是忠于党忠于人民的。庄征、李铁、林白、孟起、杨申生等同志是城工部大批优秀共产党员中的杰出人物。庄征、李铁、林白均是城工部卓越的领导人，他们在曲折斗争中奋起，在困境中创造奇迹，是有很大功劳的。他们的光辉事迹也是中共闽浙赣区（省）委历史功绩中的重要组成部分，是福建解放战争时期革命史光辉的一页，是一面旗帜。

今年（2011年）是中国共产党建党90周年，值此光辉日子，特以此文作为纪念；同时纪念城工部时期的老领导、老战友李铁、林白两同志100周年诞辰。

在福清党史工作座谈会上的发言*

能参加这个会议，见到这么多老同志和以前共事过的同志，我感到由衷的高兴，我的心情真是难以用语言来表达。

我在福清工作时间不长，今天借此机会将自己所见、所闻、所知的城工部在福清的工作情况向大家作个汇报。当然，这仅是城工部工作的一小部分。

一、城工部在福清有四个特点

第一，福清城工部是在解放战争时期发展起来的。1946 年 6 月，我的同学曾焕乾同志从福州派青年学生党员陈羽森等人回福清，在福清几个乡镇开展工作。1947 年 2 月，城工部龙山会议上正式成立福长平工委，由曾焕乾具体领导，会后派我来福清工作，在原来福清、平潭工作基础上做游击战争准备。我 6 月离开福清后，城工部又派人来福清加强工作。1948 年 2 月，城工部高湖会议后，张纬荣同志派杨清琪等人回福清工作。1949 年 2 月，城工部成员、武装归闽中党领导。总之，福清城工部时间短，发展快，有战斗力。

---

* 原刊《福清党史工作座谈会》1986 年 7 月专辑。

第二，城工部自始至终认真贯彻城市为农村工作服务的方针，贯彻闽浙赣区党委开展爱国游击战争的指示。我们一开始就重视发展武装，一直到解放前，城工部在龙高等地都有武装力量；重视开辟农村山头据点，目的是打通平潭、福清、琯口、福州的游击战争交通线。当时，平潭城工部武装力量强，为了支持平潭，我们将福平两县工作紧密结合在一起。由于斗争需要，福州派来的学生多是福清、平潭籍的。

第三，城工部党员骨干大多数是青年，是大中学生，是知识分子到农村山头与贫雇农相结合。城工部是在同敌人斗争中发展起来的。我当时是协大学委的，响应党的号召，脱下学生装来到农村，对农村一无所知，也不会打枪。我们坚持依靠群众、依靠党去开展工作。我们平潭学生中有很多同志都会使用武器，非常勇敢。福清、平潭由于械斗多，私枪也多，同学们就通过各种社会关系弄来枪支。同时，我们也遵照省委指示向敌人夺枪，武装自己，开展游击斗争。当时有六个小学是我们的据点，我们通过这些小学，开辟附近的山头据点。

第四，城工部经历了艰难曲折的斗争历程。许多同志参加了1947年龙高暴动和反霸、反“三征”、收缴敌伪枪支、龙高学运等，做了很多工作，经受了严峻的考验。我们许多同学放弃了升学、留学机会；许多同学为革命献款、献物。例如，1947年出身地主家庭的邱子芳同志顶住父亲干扰，开仓取谷支援革命；1948年，何可澎同志献出五两黄金。1949年2月城工部事件后，同志们执行党的决定，接受闽中党领导。当时共有五十几个武装人员，后有四位同志在战斗中牺牲，许多同志光荣负伤。同志们在火线上、工作中接受了党的考验，为革命做出了贡献。

二、关于城工部的三个问题

第一，城工部在福清的工作评价问题。城工部在福清的工作主要是贯彻省委指示，建党练干，联系群众，建立据点，发展武装，进行反霸、反“三征”斗争，并加强了组织建设、思想建设，取得了显著成绩。我们坚持依靠党、依靠群众，输送了大批党员如曾焕乾、陈世明、邱子芳、林正光等到闽浙赣区的许多地方。

但是我们斗争经验不足，根据地很不牢固，也受到挫折，如陈振华等叛变带来了不少损失。1947 年 5 月，敌人围剿灵石山，逼迫革命群众陈吓炎父子带路。他们故意把敌人带上另一个山头，使我们山上的同志和武装得以安全撤出灵石山据点，转移到福州。我和福长平工委许多骨干在山下不同岗位上都坚持革命到底。我认为城工部在福清坚持了“红旗不倒”。

第二，灵石山据点评价问题。1947 年 3 月，我和陈羽森等人在灵石山搭草房，住在山上，开辟了灵石山据点。4 月，曾焕乾和福长平工委同志在这里开会，研究福清平潭游击战争问题、统一战线问题，加强了组织领导，训练了干部。当时这里进出的党员有二十多位。城工部闽海纵队司令曾焕乾在灵石山活动，并刻了司令部印章；我和王重清等人在附近村庄做统战工作。灵石山是福长平工委的重要活动据点，也曾经是闽海纵队司令部所在地。当时我们在灵石山上发现了另一个草房，1947 年 6 月我在省委机关问刘润世同志，他证实草房是地下党的，说明灵石山很早就有我们的同志在那里活动。所以，我在这里建议福清县委把灵石山作为革命基点村，把城工部灵石山会议作为县党史中的一个重要会议来写。

第三，福长平工委组织沿革问题。1947 年时我是福长平工委书记，新中国成立初期，我向党、向省委审查城工部问题委员会就工委组织问题作了交代。我是按党性交代的，有档案可查，有我自己保留的草稿（当然不全面）。我相信在福清日日夜夜与我一起战斗的同志，我也永远不会忘记他们。谢谢大家。

中共福长平工委开创福清灵石山革命据点波澜壮阔的历程*

福清市灵石山，是1947年闽浙赣区党委城工部福长平工委的重要活动据点，又是城工部闽海纵队司令部所在地。

1947年2月，我响应城工部龙山会议号召，离开即将毕业的福建协和大学，任福长平工委书记（由曾焕乾直接领导），到福清县农村，贯彻区党委开展爱国游击战争的指示，打通平潭经福清到福州的游击战争交通线。

福长平工委发展很快，成绩显著。福长平工委下辖组织有中共福清县委、中共平潭工委、中共福长平学委。当年3月，福清县已发展了6个小学为隐蔽据点。我和陈羽森等同志在他担任校长的园村小学（灵石山附近）建立革命武装据点，在革命群众陈吓炎父子及陈宜福协助下，我们在灵石山尾寨依山势，近溪流，搭草棚，还解决了山上同志们的生活给养。在灵石山进出的党员干部有20多位。

1947年3月，平潭发生“码头事件”，林中长等多位党员干部撤离到灵石山。4月，城工部地下军副司令兼闽海纵队司令（兼政委）曾焕乾来灵石山，召开福长平工委部分党员干部会议，研究福清、

* 原刊《福州史志》2019年第12期。

平潭开展游击战争的问题。会议增补张纬荣、林中长、洪通今、林正光、施修峩、何本善等为福长平工委委员。当时福长平工委书记为陈世明，委员吴秉瑜和郑杰。

战友们献款献物。邱子芳顶住父亲（地主）干扰，开仓取谷，支援据点。我和王重清在灵石山周边村庄做群众工作。5月我住在他的亲戚一位老妇人家中。王重清告诉她我是个大学生，“为全世界人民过好日子”而参加革命。她很感动，看到我面肿（因坚持在山上，缺营养），数天给我吃猪肝面而恢复；看到我头发太长，又以我重病为由雇人理发。这样我才避免被人怀疑，独自从东张镇走到福州，向城工部李铁副部长等汇报，留施修峩负责山上工作。

我一到福州，闽浙赣区党委即调我到区党委机关（在林森、福清交界山头周转）。由交通员陈德义带我，小潘带曾镜冰、阮英平，分别到林森县尚干乡山边村落会合，夜里一同爬山到南阳顶的大山洞。我只睡了2小时左右，区党委安排饶云山（永泰县委书记）和我步行几十里赶去灵石山，要把山上6位武装同志都调到区党委机关。区党委计划“左黄会师”（闽浙赣游击纵队司令员左丰美与闽中游击纵队司令员黄国璋会师于戴云山脉），建立福建游击队主力。我们先到东张镇党员倪秉炯家，了解到施修峩等6位同志已从灵石山安全脱险，到了他家，准备去福州找领导，于是我们一起回区党委机关。

波澜壮阔的革命武装斗争活动使国民党反动派胆战心惊，于是纠集大兵压境，围剿灵石山革命据点。敌人逼迫陈吓炎父子带路，他们故意将敌人引到另一山头，使敌人扑空。施修峩等同志们警觉情况异常，火速撤走。敌人扑了空，气急败坏地殴打陈吓炎父子，残酷迫害革命群众，他们的英勇事迹已载入福清党史。新中国成立后，林中长（曾任莆田地区党史办主任）曾去慰问他们。我为该革命遗址列为红色基点村写过证明，也多次重返福长平工委革命据点遗址。在峥嵘岁月里，城工部福长平工委前仆后继，“红旗不倒”。战友们理想坚定，保持了浩然正气、昂扬锐气、蓬勃朝气，干群鱼水情深。人们永远不忘在灵石山据点工作过的曾焕乾、陈书琴、洪通今等烈士，也忘不了灵石山革命群众陈吓炎父子等的英勇斗争事迹。

在闽浙赣区党委机关革命熔炉中锻炼成长

1947年5月至9月，闽浙赣区党委设在闽侯福清交界的大山里，山峦连亘，山路蜿蜒。5月的一个夜里，曾镜冰、阮英平带我们从尚干乡沿山路走到南阳顶一处天然山洞，和机关同志汇合。十几天后，我们又沿小溪向深山里走了一百多米，在一处山麓搭几个草棚居住。

为配合"左黄会师"，黎明前领导派永泰县委书记饶云山（老林）和我（福长平工委书记）一同赶去东张镇灵石山，把福长平工委领导的六位武装骨干带回省委机关。我们到了东张镇，党员倪秉炯告诉我们，因敌兵搜山，革命群众陈吓炎父子故意把敌人引到另一个山头（后这对父子被敌人打伤），山上的施修峩、林中长等游击队武装同志才得以脱险。当天我们来回走了八十多里，已有十多年党龄的饶云山一路讲了许多福建共产党员英烈可歌可泣的故事以及他亲历的永泰革命斗争。

记得当年庆贺"七一"，大家欢聚在一起吃晚餐。当天上午战斗员从附近山上采来鲜嫩的野菜，先水煮去汁（去毒性），然后配上猪肉。大家吃得津津有味，欢欢喜喜。这是我一生最有意义、最美好的大餐。

我们坚持学习，注重从实践中学习。我认真学习《福建建党九年斗争总结（草案）》，深受教育和启迪。福建党组织顽强不屈，在“绝望的环境中打出希望”，特别是有三大创造，即武装退却、合法与武装斗争相结合、反特斗争。省委领导还讲述了我的协大校友卢懋榘烈士在狱中斗争所表现的共产党人的革命气节。

“八二八”会议期间，曾镜冰在区党委机关会上作传达时谈到福建斗争的不平衡性，强调为人民服务必须依靠人民，不能包打天下，华东局不主张“枪变”，要兵变……会后，他亲口对我说：这次会议中，他对城工部“变”的总结不肯定。

同志们告诉我许多动人故事。有位党员干部被捕，途中将押送他去三元的两个敌兵成功策反，安全回归；闽北有一对革命夫妇，在一次战斗中被围困，一星期弄不到吃的，男的活活饿死，女的后来由群众送来食物才救了下来；有个革命群众深受土豪欺凌，明知危险仍坚持送盐上山，后来被敌人发现，头颅被砍下，壮烈牺牲。南阳顶革命群众伍俤告诉我，他房子三次被敌兵烧毁，三次修复，他始终支持革命。英烈精神是我一生奋进的力量。

阮英平在机关时间不长，但告诉我们许多解放区、新四军等的革命经验。8月底林汝楠来，跟我讲了1944年2月为解决福建省委和武装队伍的经费困难，巧袭涵江银行，不费一枪一弹，不损一兵一卒的成功故事。

领导指导我们：每做一件重要的事、一次斗争都要进行总结，从理论政策高度来认识。我的任务是做好机关周围群众的工作，多在夜间活动，常常傍晚由机关住处出发，沿小溪涉水走，天快黑时走到南阳顶转弯处，远远就看到伍俤住处附近晒衣服的竹竿。我们相约，敌人来了就不去收；凡取下竹竿就说明安全，可以翻过这座山头到目的地。我的工作重点在尚干乡，该乡靠山村落的村民多发展成基本群众，该处成为我们粮食物资等供应基地。我也曾独自隐蔽在西台一农户家，那房子很暗，白天只好抓抓身上的虱子，夜里才外出工作。小潘（张章淦）曾带我去南港做群众工作。小潘的堂叔告诉我，几年前小潘胆小得夜里走出屋外几十步大小便都不敢，奇怪的是，参加革命后没几个月，独自走在群山中，没带枪，没带任何武器，可啥也不怕！真是理想出勇敢。当时我们大家都遵守纪律，严守秘密。工作时间观念强，相约碰头都按时间。因为斗争尖锐、紧张、复杂，多有“情况”，如果不能及时到达，宁可重约时间。我们深入群众的工作作风得到领导表扬。我深深体会到只有依靠群众才能发展，甚至才能生存。

区党委机关虽不是战斗队伍，但全体同志都保持高度警惕。那年七八月，敌兵进驻南港，有次敌兵抵达大石洞，左丰美率领战斗员准备迎战，其他工作人员向深山转移。

我们生活紧张又艰苦，住的是草棚，吃的是野菜，病痛无医药。有幸吃到大米，那是从尚干乡托革命群众购买，然后装入百斤麻袋，夜里由战斗员从机关住处出发，用肩扛回来的。穿的多是草鞋，沿溪水走防滑、防刺，不过走夜路要注意防蛇。

区党委机关设备简陋，没有桌，没有椅，只有一台轻便无线电收发机，用来与党中央华东局联系。机关里有10多位战斗员，连同干部，一共二三十人。

“八二八”会议后，闽浙赣区党委改称为闽浙赣省委，曾镜冰组建闽（清）永（泰）尤（溪）南（平）沙（县）中心县委，林汝楠、杨良言以武工队方式北上南平，而我则去闽清开展工作。

我在区党委机关工作的时间虽然才四个多月，但在革命熔炉中日夜锻炼，坚定了我一生为人民为真理的信念、决心和意志。

中共闽清县委成立的前前后后*

1947年8月，闽浙赣区党委（后称闽浙赣省委）会议决定开展三十路游击运动，开辟闽江以南、沿江从林森（闽侯）到南平为一个游击区，并筹建中心县委，由林汝楠同志领导。同时，省委机关准备从福清、闽侯交界的山头，迁至南平葫芦山一带，省委书记曾镜冰亲自抓这项工作。

在赴闽清前夕，即1947年10月底，闽清县委在福州建立。县委由刘忠瑶（书记）、郑一惠（副书记）和刘志德（真名蓝成友）组成。

根据大胆提拔本地干部的精神，在福州时我就和林汝楠同志商量，拟将熟悉闽清山头关系和有武装斗争经验的刘志德同志调到闽清工作，还有蔡兆源等同志。这些问题林汝楠、曾镜冰、李铁等研究后均表示同意。

闽清县委是当时中心县委领导下建立的唯一县委，它的成员主要由在外地活动的闽清籍干部和留在本地活动的同志组成。

闽清县委的建立是经过充分准备的。当时开辟县工作的通常叫县工委，由于闽清已经具备一定条件，曾镜冰同志同意成立闽清

---

* 原刊《福州党史通讯》1987年第2期。

县委。

9月，曾镜冰同志派我到福州向城工部调这一地带籍贯的党员同志。我抽选了闽清、永泰及林森县一部分学生党员到省委机关训练，其中有林森县委所属的刘忠瑶、章际翔以及学委所属的郑一惠等同志。后因形势任务变化，调动稍慢，训练未成。

在调动过程中，曾镜冰同志先派我抓统一战线工作，联系福建民盟吴从征（闽清籍）及其所属青年吴亦祥，并由吴亦祥带我到闽清县的十五都、十四都、县城等地工作十来天，接触吴亦勋等知识分子。后来因为在依靠贫雇农与斗争方向上有原则分歧，经曾镜冰同志同意，暂缓联系。

由于省委的直接领导，刘忠瑶、郑一惠等进步很快。刘忠瑶阅读《钢铁是怎样炼成的》后，表示要以保尔·柯察金为榜样。他们在斗争实践中进一步树立起共产主义世界观。

林汝楠带领武工队从闽侯到古田时发生了“牛皮山事件”，经闽清到永泰盘谷养伤。10月，林汝楠返福州，领导中心县委，与我找党员刘忠瑶、郑一惠、刘子萍、周天赐以及进步学生林开明等个别谈话，为建立闽清县委作准备。

闽清县委成立后，省委陆续增调人员，把黄广天调到二都党支部，林汝楠也把闽清中学陈璋、陈书友、何友信等的关系转到闽清县委。11月后，这些同志陆续到达闽清各地，刘忠瑶在毓真小学任教导主任，郑一惠在闽清中学任教。

闽清县委所在地，实际上是在六都刘忠瑶家里。1948年春节前，刘忠瑶的同学詹维庚经我介绍入党后，从四都山头带我到六都，将我掩护在刘忠瑶家里。我和刘忠瑶一起去联系各地调来的同志，研究乡镇工作，并根据省委部队地方化、扩党练干及联系群众等指示精神，草拟县委第一次扩大会关于闽清斗争形势与任务的意见。刘忠瑶家是县委正副书记时常碰头的地方。

刘忠瑶以他家为据点，领导十五都一带的活动，另外还发展了从六都后山到白洋的联络点。这样就把黄炳顺（六都）、詹维庚（四都）、蔡伯祥（永泰盘谷）三个据点，同闽清县委所在地（六都刘忠瑶家）与中心县委的山头据点（麟洞梧桐顶）联系起来了。闽清县委在麟洞召开了两次扩大会，第一次是1948年元宵节前夕，参加的有县委全体委员，另外还有其他同志。会议传达了省委关于“动员群众搞（合法）生存斗争为主，开展群众性游击战争”的指示，分析了闽清斗争形势：一，闽清人民受党的影响较深，特别是1947年4月，闽东北游击队在左丰美同志带领下，攻打龙峰乡公所，并在五都茶口开仓分粮，影响很大，群众希望游击队再来，求解放心情迫切；二，闽清山多人稀，有利于开展游击斗争，应积极配合省武装斗争行动；三，国民党反动派抓壮丁和农民抗丁的矛盾很突出，开展武装斗争符合群众的愿望。会议提出以下初步计划：旧历二月初五前筹款五千万元，建立一支武工队；建立十个区委组织，培养十个独立工作的干部，向闽清毗邻的永泰、林森两县发展；计划1948年4、5月间建成一支游击队以及三个武工队，分别向永泰、林森、尤溪等县发展，建成方圆七八十里便于周转的山头游击根据地。

会上初步分析了闽清民盟挫折的经验教训，并确定在闽清二都某地发动武装斗争，后因刘积锦会后突然离开未能实现。

第二次县委扩大会于1948年3月15日召开，除县委全体委员出席外，还有刘希明、蔡兆源等同志参加，会议学习毛泽东《目前形势和我们的任务》。会议回顾总结前段工作，研究进一步扩党练干、扩大武装，进一步发动贫雇农抗丁、抗粮和筹集经费等问题。会议宣布了几个区委领导名单，分析了组织建设中出现的某些问题，强调思想、纪律教育。

闽清县委在短短几个月内发展较快，主要做了以下几项工作：

一，认真贯彻省委指示，组织各地农民进行抗丁斗争。二都在发展抗丁斗争中持枪保护自己。

组织武工队。除刘志德外，蔡兆源、黄嫩嫩、蔡谋建脱产入伍，已有几支短枪，开始巡回宣传教育，推动抗丁，为游击战争作准备。四都山上周围几乎成为解放区。

二，扩党练干，联系群众。闽清县内逐步建立区委的有六都（刘希明负责）、二都（刘积锦负责）、一都（蔡兆源负责），另外还有十五都党小组（黄世杰负责）。

元宵节前后，在四都山上举行了三名新党员的入党宣誓仪式，这时平原地区党员已发展到几十人，在斗争中密切了党群关系。在两个县委会议之间，刘希明等几个骨干在四都与五都交界的山上进行短会训练。

三，广泛进行宣传教育。县委发动贫雇农诉苦，学习土地法大纲，进行阶级教育。组织党员干部学习省委文件，如《自力更生，赤手成家》《论家庭问题》等。县委还设法请福州城工部提供进步书刊。刘志德等白天隐蔽在山上革命群众家里，晚上出去活动，平时还抽空教群众唱《国际歌》等歌曲。总之，形势教育及思想建设都抓得很紧。

虽然闽清县委一再强调依靠贫雇农的斗争方针，阶级斗争尖锐、复杂，但由于所发展成分不纯人员，后叛变，导致刘志德等骨干被害，山头据点受破坏。我们被捕后，刘忠瑶、郑一惠赶去南平夏道附近找林汝楠，时为 1948 年 3 月，闽清县委工作告一段落。

刘志德等同志的牺牲使我们极为悲愤，但国民党反动派的屠刀不曾使我们屈服。闽清的共产党员以刘志德等烈士为榜样，前赴后继，燃起更旺的革命烈火。不久，城工部又派黄世杰等四人到闽清开展全面工作，闽清的许多地下党员也积极找党组织，投入新的战斗。

忆原闽清县委所在地*

中共闽浙赣省委在1947年“八二八”会议后，决定开展三十路游击运动，开辟闽江以南、从林森到南平的游击区，建立闽永尤南沙中心县委，调闽中地委委员林汝楠负责领导。省委书记曾镜冰安排两路开展工作：一路由林汝楠率武工队，沿山路从闽侯到南平，不幸的是他们经过古田时发生“牛皮山事件”，林汝楠突围到永泰盘谷顶山洋养伤；另一路由我向城工部调动籍贯在这一带的学生党员回乡。城工部林克俊、何友礼把闽清籍的刘忠瑶、郑一惠等多位党员调入中心县委。我们在福州学习，加强政治思想教育。

1947年10月至11月，林汝楠返回福州加强领导。我们研究并报曾镜冰批准，组成以刘忠瑶为书记、郑一惠为副书记的县委会，县委委员先后到了闽清。年底，我与刘志德（蓝成友）从闽侯县源口通宵走山路，经白云山到闽清县四都梧桐顶，与吴盛端等联系，在闽清、永泰边界山村活动。在闽清四都，我介绍刘忠瑶的同学詹维庚入党，由他带路，我到了六都坂东镇佛堂前刘忠瑶家。我们把闽清县委设在刘忠瑶家。

我以刘忠瑶同学的身份为掩护，在他家住了10来天。我们中心

---

* 原刊《福州党史》2012年第4期。

县委分工领导闽清县委，在这个据点主要进行了以下几项工作：

一，建立闽清县委和中心县委三条交通联络线。从四都梧桐顶、麟洞等（詹维庚协助），六都山麓老革命据点（黄阿顺家），还有永泰盘谷顶山洋（由闽清中学初中生蔡伯祥做交通员，联系学校老师郑一惠），都可到达这个据点。

二，我和刘忠瑶认真学习省委“八二八”会议精神，关于部队地方化、扩党练干、联系群众以及动员群众搞合法的生存斗争、开展游击战争等指示，研究林汝楠在福州送别时提供的书面工作意见。

三，通过学习文件，联系闽清实际，取得今后工作的共识，以便1948年元宵节召开县委第一次扩大会。我们分析了闽清斗争的形势：（一）闽清人民受党的影响较深。左丰美率领闽东北游击队攻打龙峰乡公所，又在五都茶口开仓分粮，影响很大。（二）闽清山多人稀，有利于开展游击运动。（三）国民党抓壮丁迫使群众为生存而斗争。我们计划建党练干，建立多个区委，开辟几个山头游击周转点（区）；并商定由刘忠瑶负责开辟从六都沿山路到白洋的交通线，设联络点。

从刘忠瑶家这个据点外出进行的活动有：（一）先由蔡兆源带我去一都、二都来回活动，建立一都区委（拟由蔡兆源负责），并指导二都党组织活动；（二）我和刘忠瑶到十五都吴大挺家，一同吸收黄世杰、吴大挺、黄际信入党（他们是协和大学的学运积极分子），成立十五都党小组，由黄世杰任组长，组织四天学习活动。

我于1948年农历正月初四回到闽清、永泰边界山村，刘忠瑶继续以这里为据点进行卓有成效的工作，发展10多位党员，建立六都区委，培养刘希明为书记，为支援山上武工队发动捐物（枪、鞋等）。郑一惠热情、谦逊，时常到这里和刘忠瑶碰头，研究县委工作，特别是领导二都群众持枪抗丁等。

这一据点发挥了重要作用，直到1948年4月24日（农历三月十六）“麟洞事件”。在危急关头，刘忠瑶、郑一惠镇定指挥，妥善安排县委有关事情后，赴南平夏道附近找上级林汝楠。

我们那时还不知道这个据点是有革命传统的地方，住过刘忠瑶的堂兄刘俊毅。他参加工农红军，北上长征到陕北，后随刘邓大军转战山西、河北、河南等地。

坚强、有特色的中共闽清县委班子*

1947年“八二八”会议后，中共闽浙赣区党委决定开展三十路游击运动，开辟闽江以南几个县为一个游击区，建立以林汝楠为书记的闽永尤南沙中心县委。省委书记曾镜冰安排林汝楠率武工队沿山路从闽侯北上南平，边走边开辟秘密交通线。不幸，武工队经古田县时发生“牛皮山事件”，林汝楠受伤突围到永泰顶山洋养伤，10月伤愈后来福州。时曾镜冰也从省委机关（闽侯、福清交界山头）来到福州，他们一起研究组建闽清县委会事宜。我当时担任中心县委委员，组织上派我从省委机关到福州，向城工部调这几个县的党员干部返乡工作。这届闽清县委会自1947年11月至1948年3月，历时虽然很短，但是体现出了既坚强又很不平凡的特色。

特色

这届闽清县委有特色，由省委书记亲自领导筹建的。经过充分调查研究，我带林汝楠与主要党员干部一一谈话，由林汝楠报曾镜冰等审批，1947年11月在福州成立闽清县委，县委由刘忠瑶（书

* 原刊《红土地》2015年第1期。

记）、郑一惠（副书记）、刘志德委员三人组成。知识分子的正副书记和一个工农干部委员相结合，体现了重视选拔本地干部的精神。他们年龄都只有20多岁。

县委委员各有鲜明特点。刘忠瑶是闽清本地干部，理想坚定，忠诚老实，谦逊踏实，善于联系群众。他是福建学院学生，只差一学期毕业，因党的事业发展需要，自愿离校返乡干革命。他原是党小组长，破格提拔为县委书记。郑一惠于1942年经中共南古瓯工委书记江作宇介绍加入共产党，曾任福建协和大学党支部宣传委员，有较深厚的理论功底和文学修养，有献身精神，忠厚老实，性格内向，曾在《东南日报》等发表多篇文章。时其妻詹玉珍有身孕，他毅然携妻迁回闽清白洋开展工作。刘志德（真名蓝成友），宁德畲族，贫农。1941年入伍，1942年入党。党性强，和群众保持鱼水般情谊。他是英勇善战的指战员，曾任闽北游击队分队长，当时在闽清、永泰交界山村活动。我以“万事俱备，只欠东风”，缺武装干部为由请调刘志德，很快得到批准。林汝楠考虑，将来由他带领中心县委游击队。

县委机关设在刘忠瑶在闽清六都的老家。当时由于刘志德始终坚持在闽清、永泰交界山村活动，县委会议有两次曾在四都麟洞召开，我都在场主持。县委机关驻地和中心县委基地，我们通过3条交通联络线秘密连接。

实践

县委成立后，全体县委委员马上分头奔赴闽清农村开展工作。根据省委关于“部队地方化、扩党练干及联系群众”“动员群众搞合法（生存）斗争为主，开展群众性游击战争”等指示精神，短短几个月，闽清县委加强形势任务的宣传教育及思想建设，建立六都、二都、一都区委及十五都党小组等，筹建武工队，组织抗丁斗争等，披荆斩棘，打开了新局面。

在县委统一领导下，各成员都做出了很大贡献。刘忠瑶发挥本地干部的优势，团结教育了很多闽清籍大中学生（如福建学院、福建协和大学、师专以及闽清中学等），动员亲友参加革命。他介绍刘希明入党，任六都区委书记，参加中心县委办的短会培训。他前往十五都办学习班，建立党小组，选任黄世杰为组长。他推荐、支持热忱青年蔡兆源到山村，协助刘志德巡回活动，并和郑一惠一起建立六都至白洋的后山山路交通联络点。郑一惠在其妻子的家乡白洋创立革命据点。他领导省立闽清中学党支部和二都、一都区委，并领导二都革命群众进行持枪抗丁斗争。他把所领导的福州党员组织起来，转移到闽清农村为农民服务。刘志德在闽清、永泰交界山村继续依靠贫雇农开展工作，介绍革命坚决的群众入党。他时常讲述福建游击战争事迹，带我们访问省委黄扆禹、张翼率领游击健儿活动过的闽清据点。他大腿淋巴结发炎，仍坚持工作，并筹建了武工队。

县委会严守秘密守则，知识分子干部以同学名义掩护。刘忠瑶任毓真小学教导主任，郑一惠任省立闽清中学（校址在六都）理化教员。刘忠瑶掩护我在乡镇平原活动，还送我哔叽呢大衣。我把黑色丝棉大衣转送给刘志德。

1948 年 4 月 24 日发生“麟洞事件”，刘志德英勇搏斗，壮烈牺牲。我们 7 人被捕。刘志德的头颅被挂在六都湖头街电线杆上。被捕的难友们以刘志德为榜样，团结对敌，大家共同的心声是：“向老刘学习！”有意思的是，押送我们被捕同志的敌便衣队谈起刘志德烈士的斗争情景，他们声音迥异，为之胆寒。在危急关头，刘忠瑶、郑一惠沉着果断，安排得当，行动快捷，连夜抄小路赴南平夏道附近向林汝楠汇报，当年蒙冤罹难。这三位县委领导成员都是革命烈士，都是英雄。

悲歌往事，红色感动，激发正能量。

结语

这届中共闽清县委班子很不平凡。他们十分坚强，有一个好班长，又有团结实干的班委。通过几个月的工作，闽清革命形势有质的发展，促进了闽清广大人民群众的觉醒和求解放。

身陷囹圄，感动群众

1948 年 4 月 24 日闽清“麟洞事件”中，因叛徒出卖，刘志德同志英勇搏斗，壮烈牺牲，头被砍下挂在六都街道上示众；接着敌人连夜围剿我们，七人不幸被捕，即廖怀玉、蔡兆源、陈国正、黄嫩嫩、蔡谋建和我。敌人惊讶我们身上没有可搜刮的钱财。在困境中，我抓住机会悄悄对大家说：向老刘烈士学习，审问时应切断一切组织联系。我们被押到闽清县城监狱。男同志都上了脚镣，关在一个笼子（牢房）里。女的关在墙外隔壁。男的衣服被剥，只剩一件单衣，夜里彼此贴着睡，每天清晨都被冻醒。我与廖怀玉高唱《国际歌》和《你是灯塔》等革命歌曲，悲壮的歌声，打破静寂，震动全狱。难友们相互勉励，务必坚持革命气节，时刻准备牺牲，绝不“自新自首”。我们团结对敌，毫不畏惧，编好口供成功应对敌人审问。

我们向狱卒、向周围四五间笼子里的难友生动有力地进行革命宣传，揭露旧社会，慷慨激昂。众难友深受感动，有的趁狱中半小时放风时间，把家里送的饭菜端来给我们。几天后，我们七人被押往省城。狱卒及其亲属对我们深表同情，冒着危险，趁很多群众围观时，迅速将一些钞票塞给廖怀玉、蔡兆源和我，押解的警察也装作没看见。

在从闽清驶向福州的汽船上，我们一直高唱革命歌曲，进行革命宣传。有意思的是，这些警察对我们的态度逐渐有了转变，甚至说：“你们是好样的!”有的称赞：“老刘真英勇!”船近福州时，他们给我们松绑，也不干涉我们的谈话。就这样，我们被押解到了福州。

高墙内外，英文传书

1948年3月下旬，我们从闽清县押到福州乌塔旁的国民党军法处监狱，被关在一个仅有30多平方米的木笼里。小小的木笼竟关押着20多个政治犯、军事犯，我们像沙丁鱼般挤着睡。牢房阴森恶臭，连中午都不见一缕阳光，虱子很多，咬得人遍体血疤。人被关上几个月，两眼毛孔放大，一旦提审外出，日照之下顿觉头晕目眩。附近还有个大的木笼，时而传出令人毛骨悚然的打骂声和惊叫声，十分恐怖。有的难友突然被押出受审、受刑或枪决，真是人间地狱。绰号“猫头鹰”的看守长满脸横肉，残暴成性。他住在隔壁，时常出来窥视，半夜也不例外。他有一句口头禅“没有犯人不想逃”。我因在狱中向难友作革命宣传被上了镣铐。

我明白政治犯关押在敌军法处，可能将牢底坐穿，或无望生存。我得设法尽快与家庭和组织联系，因为我母亲是地下党接头户。我原本想写遗书给父母。我同先我被捕的老难友邱子芳（原同在中共福长平县工委）商量，他帮我出谋划策，建议写封英文书信给资助我求学的协大、英华美籍校董范哲明。由邱子芳和难友陈璋提供信纸和钢笔，一个静寂的深夜，牢笼一片漆黑，只有悬挂在附近公共马桶墙壁上的一盏油灯闪着微弱灯光。我假装睡觉，用棉被盖着，快速写完英文书信，心中万分激动，久久难眠。第二天，邱子芳买通看守将此信付邮，寄往仓前山卫理公会。

英文信主要内容如下：

Perhaps you know that I am in prison. I will die soon but I do not know when, where and how I will die. I will die for the cause just as I live for the cause. I will die for the people just as I live for the people. I have strength enough to overcome any difficulties that I might meet.

I thank you much for helping me to study in the school, but your help is not in vain. To me, I fight for the people and to you—you will know the truth—that communism is right."

也许你已知道我在监狱。不久我会死去，但不晓得将在何时何地、怎样情况下死去。我将为真理而死，正如我为真理而生；我将为人民而死，正如我将为人民而生。我有足够力量承受我可能遇到的任何困难。

感谢你资助我读书，但是你这心愿并不落空。对我来说，我是个人民的战士；对你来说，你也能体会一个真理，就是共产主义是正确的。

事后听看守传言，一个钩鼻老外来探监被顶回去了，我觉得英文书信应该是收到了。后来我得知，范哲明读了我的信非常悲伤。当然，他不一定赞同我信中的观点，但他十分爱惜我这个英语成绩名列前茅的学子，想

范哲明（Paul P. Wiant）夫妇

方设法前来监狱探望，遭到拒绝。于是他找到府学里2号我家，含泪对我父母说："收到世明来信，他关在军法处，没希望了。"他把信的内容说了一遍，我母亲也痛哭不已。家里已经准备必要时替我收尸了。

1949年4月30日，根据中共中央同国民党达成的"释放政治犯"协议，我同关押在一起的20位难友终于重见天日。

追忆狱中绝食斗争

1949年初，国民党特刑庭把已判决的政治犯李青、李怀来、廖怀玉、魏长竹、陈璋、陈书友、陈世明等20人从福州警察局等监狱转移至湖东路省高等法院监狱，与普通犯人关在一起，将男政治犯集中关在2个笼子里。

我们（政治犯）关在设隔墙的大院，约20个笼子环绕着中间的广场。这广场可供几百犯人“放风”散步。应该说这里比我一年来被关押过的闽清、福州5间监狱的物质条件都好，空气好，光线很足。狱中犯人都已判刑，那时犯人已满员，判10年以上徒刑的被上脚镣。按惯例，每天犯人放半小时风，到广场散步。狱里利用老犯人（集中在一个笼子，门常开）监视其他犯人。

每天上午，狱卒到监狱巡视，对犯人任意欺压打骂，长期习以为常，激起我们义愤。狱中明显克扣粮食，饭量不足。李青（原在闽浙赣省委电台工作）组织我们学习政治时事，大声唱革命歌曲，歌声很有影响力。我们都有群众工作经验，又多是福州人，可用本地话与其他犯人交流。我们团结一致，迅速了解狱中情况，分工向广大犯人进行宣传教育，对普通犯人以难友相待。首先，接近受压迫深的犯人，表示同情，启发其觉悟。难友逐步信任我们，向我们诉苦，了解时局动向。同时我们还对值班看守进行思想教育，如孙柏龄，从同情革命到帮助我们。

狱中欺压引起公愤，我们分工秘密串联，发动绝食斗争。那天一大早，全体犯人向狱方提出反鞭打、反克扣的要求，齐声呼喊。从早餐开始绝食，顿时狱中气氛十分紧张。狱卒惊慌恼怒，轮流到场，恐吓的恐吓，劝说的劝说，但是全体犯人坚持合情合理的要求，坚决进行斗争。连那些被利用监视我们的老犯人见势也跟着绝食。一直到当天晚上，典狱长怕事态扩大，愁眉苦脸地亲自到场，表示全面接受要求。绝食斗争宣告胜利。

绝食虽只一天，但意义很大。首先全体犯人得到了实际的好处，意识到团结的力量，更信任并靠拢在我们周围。那些老犯人也不大敢监视我们了。狱方因而提高警觉，尽力防范，首先把李青和我分开关在不同笼子。那时革命形势大好，解放军在各战场节节胜利，为防止解放前敌人突然处决政治犯，且该狱警力薄弱，李青准备在绝食斗争基础上，乘胜组织越狱，设法与地下党太平山支部取得联系，后得知“李铁生意失败”（暗指城工部事件）未进行。因国共和谈，达成协议释放政治犯，我们得以获释。李青继而引导看守孙柏龄参加地下革命活动，新中国成立前，孙柏龄已成为共产党员。

黑牢里播下红色种子*

那是60多年前的1947年9月后，在闽永尤南沙中心县委领导下，闽清县委成立，刘忠瑶、郑一惠为正副书记。在闽清、永泰边界的山区农村，县委依靠贫雇农，启蒙群众，唤醒百姓，组织抗丁、抗粮、抗税，建立武工队，成绩斐然。不料由于叛徒出卖，1948年4月24日闽清山头发生"麟洞事件"，武装骨干刘志德被杀害，陈世明、廖怀玉、蔡兆源等7位同志被捕。28日被押至福州，男的关在乌塔旁敌军法处牢狱，女的关在道山路牢狱。狱中战友们以英勇的刘志德烈士为榜样，团结对敌，斗志昂扬。我们得到闽浙赣省委城工部庄弃疾、郑崇德、朱晨、凌尚武等的关爱、营救。

一、牢笼生活　人间地狱

敌军法处牢狱在乌塔附近，共有两个木笼。陈世明等被关在小笼子，约30平方米，一二十名囚犯贴身生活。牢房阴森、恶臭、潮湿，我们被虫子咬得遍体血疤。小笼子只有屋顶两片玻璃透光，左

---

* 本文由陈世明、魏长竹、陈璋共同撰写。原刊《福州党史》2012年第3期。

角便桶墙壁上悬挂着一盏豆大的油灯。一旦犯人被提审外出，日照之下顿觉头晕目眩。另一个笼子时而传出令人毛骨悚然的打骂声、惊叫声。有的难友突然被押去受审、受刑或枪决，真是人间地狱，惨无人道。看守长绰号“猫头鹰”，姓刘，满脸横肉，残暴成性，时常来窥视，半夜也不例外，口头禅是“没有犯人不想逃”。他用小恩小惠收买老犯人帮其监视。狱中守卫的兵士每两三周更换一次，以防止受犯人影响。他们不允许犯人亲友探视。

犯人按入狱时间先后，从右到左紧贴着睡。那时小笼子里的次序是邱子芳、依拾、黄贞清、余世椿……谢道球、陈世明、黄振深、陈璋等。余世椿、黄贞清、谢道球先出狱。

二、黑牢里播下红色种子

在敌军法处牢狱期间，战友们靠着“将为人民而死，正如为人民而生”的信念，忍受那人间地狱的痛苦，坚持团结斗争；并在随时可能牺牲的条件下坚持学习，甚至通过阅读英文期刊（如英国密勒氏评论报 *Miller's Review*）来了解时局动态。

陈世明对笼子里的政治犯早有所了解，甚至直接或间接联系过。因此，陈世明积极对这些政治犯进行革命教育。谢道球是国民党南平专署保安营第一连连长，因经济问题被捕。他中年消瘦，随和，沉默寡言。陈世明对睡在身旁的谢道球保持友好和关心，经常引导、规劝、启蒙谢道球与余世椿、黄贞清等人，进行革命思想渗透教育。大家互相关爱鼓励、支持帮助、引导启发，以期提高狱友觉悟。此外，大家常唱革命歌曲，如抗日救亡歌曲、《国际歌》，还有难（战）友在狱中编写的《犯人歌》等。狱卒对我们这些活动气急败坏，以违规论处。陈世明被铐上脚镣，成为当时军法处牢狱唯一带脚镣的犯人。陈世明虽身受痛苦折磨，依然毫无畏惧，坚持反抗。大家义愤填膺，也深受启迪。在特殊环境中，谢道球与余世椿、黄贞清受到了共产党人革命斗志和革命觉悟的熏陶、影响，这种无声胜似有声的红色种子悄悄在黑牢内种下，后来开花结果。

三、成功策反，谢道球率部起义

1949 年 4 月至 6 月，在中共闽清县核心领导小组负责人黄世杰的指导部署下，闽清人民游击队成功策反国民党南平专署保安营第一连连长谢道球率部起义。黑牢里播下的红色种子，终于在闽清县结出丰硕果实。

1949 年 3 月初，十四都墘面村余世椿（后发展为中共党员）获悉国民党南平专署保安营第一连枪多兵少，急需补招。该连连长谢道球（四川人）与连事务长黄贞清（十四都墘面村人）为结拜兄弟，黄贞清与余世椿是同乡好友，而且思想进步。余世椿把这些情况告诉同乡好友、城工部地下党员肖武梅，肖武梅即向黄世杰报告。黄世杰与刘鸿钟研究后认为，机会难得，决定由肖武梅、余世椿通过黄贞清与谢道球牵线联系，促使谢带兵起义。

4 月初，黄世杰、余世椿先带十四都墘西村革命积极分子郑道新、黄友香打入该连当兵，作为往返南平、闽清的交通员；不久又分期分批派去十四都宝峰村、墘面村革命青年余春香、余世珠、黄泽义、黄诗同等 31 人打入该连队。

6 月初，解放大军挥师南下挺进福建，解放了闽北战略要地南平。策反起义工作经过两个多月的艰苦努力，时机已成熟，黄世杰派游击队骨干肖武梅、谢亭和、谢元平、谢亨温等 4 人赴尤溪瓮口，配合谢道球连长带兵起义。

6 月 7 日晚，谢道球带领全连官兵 100 多人、86 支长短枪（包括两挺轻机枪）和许多弹药离开瓮口驻地，起义官兵经过一天两夜急行军，跋涉 160 里，于 6 月 9 日晨到达闽清人民游击队驻地——尤溪县香湖乡。随后黄世杰把起义官兵与游击队合并整编为 1 个大队，任命谢道球为大队长。

8 月 1 日，这支游击队和解放军先头部队共计 150 余人，在十五都与敌吉星文部队五六百人激战一天，击毙敌副团长 1 人、敌兵 85 人，并把妄图作最后较量的敌人赶回十六都白云渡。

1999 年，闽清人民为纪念这场阻击战役胜利 50 周年，在该战地建烽火台。2003 年八一建军节，黄世杰、陈世明光荣出席了烽火台落成典礼。

革命据点福州何厝里的历史价值*

今年（2015 年）是中国人民抗战胜利 70 周年，孙子清、章燕行等许多同志怀念福州台江区何厝里的革命往事和人物。这地下据点有什么看点，有着怎样独特的红色历史文化资源？为什么在福州市区经历难以想象的艰险复杂斗争，还能长期“红旗不倒”，为抗战和解放事业做出突出贡献？这些都值得研究。我们以亲闻亲历的战友身份和视角深入思考，认为重要革命据点何厝里有以下特点：

第一，历时较久，经历了抗日战争和解放战争的全过程。1938 年 1 月，在新四军驻福州办事处领导下，抗日救亡刊物《战友》周刊在何厝里创立，由何思贤（又名何友恭、何希齐）、王一平、卢懋榘等负责。1939 年，传闻日寇在福清县高山登陆，南屿、南通（“二南”）区委就在该处召开紧急会议，参加者有何思贤、郑震霆、林白等 10 人。自 1936 年何思贤在何厝里发起进步组织“大众社”，这个地下据点一直安全工作到新中国成立。

第二，活动人员多，从中共福建省委负责同志至许多党员干部群众，都曾在这里活动过。

---

* 本文由陈世明、王毅林共同撰写。原刊《闽浙赣边区之窗》2015 年 6 月 14 日。

第三，革命志士无私奉献、事迹感人。他们在顺境中遵守纪律，坚持原则；在逆境中艰苦奋斗，不屈不挠，创造了奇迹。这些历史信息多已载入史册，且陈列在省市纪念馆。例如，何友礼、何友于是学生运动的领头羊，城市地下工作时期就被评为英雄。他们始终以正气、锐气和朝气书写一生，牺牲时分别才 23 岁、21 岁。

第四，直面严峻考验，积极参加抗日救亡运动，勇敢地与国民党顽固派作斗争。林白、张纬荣（何友芬爱人）同志领导的游击队英勇拼搏，在对敌斗争中取得辉煌战果，堪称闽浙赣游击斗争史上的奇迹。1948 年城工部事件中，同志们经受极其严峻的考验，用生命证实城工部同志们是忠于人民、忠于党的。

第五，经验丰富，教训深刻。有英烈的光辉形象，有众多爱国知识青年的执着追求，有艰险复杂斗争中奋斗崛起的成功经验，也有惨痛的城工部冤案的历史教训，何厝里的相关红色史实，折射出我省革命崎岖、沧桑的历程，蕴含着宝贵的精神财富。

何友礼、何友于兄弟俩，曾是我们的直接领导、亲密的战友。1947 年 2 月，我们 4 人一同参加具有里程碑的闽浙赣区党委城工部干部会议（史称“龙山会议”），由何厝里提供 30 多位会议代表开会时用的黑色面罩。如今，只有我们两人是该会议健在者（王毅林年已 93 岁，陈世明 91 岁）。何友礼、何友于是陈世明的领路人，入党的介绍人。何友礼是他英华中学、协和大学的同班同学，引领他成长为党员干部，并引导他全家参加革命，把何厝里据点延伸到茶亭真神堂后进陈世明家（城工部学委据点）。

何厝里是间土木结构的民房，坐落在福州台江区上杭路的小巷里，10 多年间一直是地下据点。何家有 11 位地下党员，也得到了周边邻居群众的积极掩护，这是党和群众同心协力战斗的鲜活事迹。例如，林白因肺结核养病治疗，在何厝里隐蔽居住 6 年多，与何友恭以兄弟相称，何家老老少少对他的照顾无微不至，感情似亲人。

1993 年何厝里被拆迁时，台江区委在现场主持召开座谈会，原地下省委委员黄扆禹，革命前辈杨兰珍、舒诚等都充分肯定这据点的价值。何厝里虽已拆迁，但是伟大的革命精神永存。

追忆何厝里革命往事*

按照习近平总书记讲好中国故事的要求，我以亲身经历和切身感受，追忆革命遗址何厝里的难忘往事，以传唱中国精神的正气歌。

一

在烽火燃烧的年代，福州上杭路何厝里是中共福建省委的一个重要据点，省委曾镜冰、王一平等多位领导和许多党员群众在这里活动。早在 1938 年，福州谣传日寇已在福清高山登陆，中共南通、南屿（“二南”）区委就在何厝里召开紧急会议，何希齐、郑震霆、林白等 10 位同志参加。常驻这个据点的有何希齐、林威廉（林白）、何友礼、何友于、何友芬等。他们有的为人民解放事业献出了宝贵生命；有的转战城乡，在逆境中创造奇迹，彰显了共产党人的高尚风范。

二

往事历历在目，我眼前浮现出何家两青年何友礼、何友于如何

---

* 原刊《星火何厝里》2021 年。

成长为革命英雄，如何指引我们从学生成长为共产党干部的革命历程。

1944 年春，我在英华中学同学何友礼从上海圣约翰大学转到内迁邵武的福建协和大学。途经福州时，他在何厝里受到林白的革命启迪。他到校后协助曾焕乾同学秘密组织读书会（共 9 人），通过学习马列主义书籍，阅读《新华日报》，开展爱国民主学生运动（如 1945 年的反对邵武姚家恶霸运动和收回女生会客室运动），引导我们热烈地生、有意义地活，满腔热情地踏上革命道路。

1945 年秋，何友于受党派遣入协大，准备建立党组织，因抗战胜利，学校迁回福州郊区魁岐，改在福州进行。

同年 12 月，中共闽江工委在福州成立学生工作委员会（简称“学委”），书记曾焕乾，委员何友于、何友礼。1946 年 2 月，何友礼、何友于在何厝里介绍我加入共产党，这是我人生中的重大转折。接着学委在茶亭真神堂后座（我家住宅）建立协大党支部，我任第一届支部书记，由何友礼在校直接领导。

1946 年 4 月，何友于任闽江工委委员。7 月 24 日，闽江工委在螺洲召开干部会议，号召争当革命英雄，我们积极响应。

暑期学委也在螺洲通宵开会，改选学委，由何友礼担任第二届学委书记，我和王毅林为委员，把茶亭真神堂作为学委活动据点。那时何友礼已脱产，有一个月住在我家，对我母亲马淑钗进行革命教育，讲述高尔基著作《母亲》的故事，提高她的思想觉悟。从此，何厝里和真神堂连成一条线。马淑钗、董桂英（何友芬母亲）、吓春嫂（凌尚武母亲）都热诚支持自己的子女参加革命工作，进而三位妈妈也投身革命，当时人称“革命老妈妈”。

1947 年 2 月 22 日至 25 日，具有里程碑意义的龙山会议召开，会上宣布闽江工委扩大为闽浙赣区党委城市工作部（即城工部）。何友于、何友礼都是会议领导小组成员，都被评为英雄，我被评为模范工作者。会上还宣布林白为地下军司令员。会后，我们响应知识分子干部到农村去的号召，与雇农结合，开展爱国游击战争。我被任命为福长平工委书记，离开只差一学期毕业的协大，去福清县开辟从平潭经福清到福州的秘密交通线、建立东张镇灵石山武装据点，这是我一生中又一重大转折。

三

城工部的前身闽江工委于 1945 年 8 月成立，经历了艰险、复杂、曲折的斗争历程，先后遭遇 1947 年 9 月的“庄征问题”和 1948 年 4 月“城工部事件”的严重挫折。城工部事件后，与上级失去联系的基层组织仍分散在各地独立坚持斗争。到福建全境解放时，由城工部组织发展的革命武装队伍达 20 余支，4000 余人枪，并解放了一批城市和乡村。解放军入闽后，城工部组织领导的游击队都给予了积极配合。总之，城工部的成绩是辉煌的。

由于林白、何友于、何友礼、何友芬等党员干部均属于城工部，城工部事件发生后，何友于因长期在城工部系统工作，1948 年 4 月在泰宁受到审查，不久蒙冤遇难；何友礼也于 1948 年 4 月在南平的闽浙赣省委机关接受审查，不久也蒙冤罹难。他们俩牺牲时分别才 23 岁、21 岁。

1948 年 4 月城工部事件后，活跃在何厝里的其他城工部党员、干部群众对党忠贞不渝，继续坚持革命，相信党，相信组织，经受住了严峻考验。

1948 年 12 月，林白（时任城工部副部长兼五县中心县委书记）接到省委通知上山开会。他明白此次上山有危险，于是写好遗书，妥善安排后按时上山。经过 3 个月审查返回福州，为了接受党的考验，他加倍努力工作。林白所领导的游击队被赞扬是一支“质量好、成分纯，战斗力强的队伍”。

平潭人民游击队于1949年5月接到“限十日内为解放平潭以实际行动来说明自己”的命令。当时张纬荣（何友芬的爱人）领导的这支游击队力量十分薄弱，他们抱着必死的决心破釜沉舟，与敌人决一死战，最终于5月5日解放平潭县城，“创造了闽浙赣游击斗争史上的奇迹”。

何友芬16岁就在文山中学从事地下工作，后跟随林白一起在东岭等地打游击。她主动关怀帮助被捕同志的亲属，还动员何友芬和我的母亲积极做好联络、后勤、宣传和家属工作。新中国成立后，两位母亲分别在台江和安泰居委会服务，还立功受奖。

直至1956年，中共中央批准福建省委提出的《对城工部党员的党籍和干部问题的处理意见》，为被错杀的同志平反，福建省人民政府追认何友于、何友礼等为革命烈士。林白、张纬荣等同志及牺牲的烈士事迹都在龙山会议纪念馆等处展览，并载入了相关史册。

1992年何厝里拆迁前，中共台江区委在现场召开座谈会，老前辈黄扆禹、杨兰珍、舒诚等都参加了。他们以亲身经历畅谈何厝里的革命历史，阐述了它的历史背景和历史地位，充分肯定了它的历史价值。如今，革命遗址虽然拆迁了，但革命精神永存。

革命斗争的悲壮史诗*

解放战争时期，福州市革命斗争史犹如一部悲壮的史诗，有许多传奇色彩的可歌可泣的故事。许多党员的浩然正气、昂扬锐气，书写了无愧于人民、无愧于国家的时代画卷。我是含泪写下福州解放战争时期革命斗争史的感言的。

1944 年，曾焕乾、何友礼在福建协和大学秘密组织读书会，学习马列主义。我参加了读书会，并参与了协和大学的抗日学生运动。因皖南事变，党在白区实行隐蔽精干政策，英华中学、福建协和大学都停止发展党员的步伐。直到 1945 年 8 月，在南阳顶下岩洞，福建省委用训练班的方式建立闽江工委，开展福州等地城市工作，建立市委、县委、调委、学委……因此我虽然早年积极投身学生运动，但至 1946 年 2 月我才在福州茶亭真神堂光荣地加入中国共产党。接着我担任了首任协和大学党支部书记，并把我家作为学委的革命据点。

1947 年 2 月，中共闽浙赣区党委城市工作部（前身闽江工委）召开龙山会议，会议贯彻“城市工作为农村服务”方针，号召城市党员到农村去，开展游击战争。会议中学唱《你是灯塔》，歌中唱道

---

* 2022 年 10 月 5 日在牡丹社区党员会议上的讲话。

“我们永远跟着你，人类一定解放”，实际是战友们共同的初心。我响应党的号召，随即离校去福清，担任中共福长平工委书记，带头创建灵石山武装据点。

仅几个月时间，中共闽浙赣区党委城市工作部贯彻执行党中央和省委的方针政策，充分发挥知识分子的作用，完成支援开展农村游击战争的任务。开展爱国民主运动，轰轰烈烈，发展速度惊人，成绩辉煌，例如：省福中抗暴斗争风起云涌；协和大学600名师生从魁岐乘船到福州，要求当局向各校发放平价米；中洲水警发生“枪变”……不幸的是，1948年发生了城工部事件，百名战友罹难。

与上级断线后，战友们继续奋斗。林白同志领导游击队，奋战在闽侯、连江等五县；有的战友带领游击队，和平解放周宁、宁化、清溪、明溪4个县；城工部基层组织及其游击队一度攻下闽清、平潭县城。他们是在极其艰险复杂、两面夹攻、含冤受屈之际，坚守理想信念，继续艰苦工作，顽强斗争，彰显了共产党人的赤胆忠心。

今天，回顾历史，学史增信，才能在潮起潮落中立于不败之地，在世事变迁中永葆初心，激发奋进的力量。

“八一七”那天有一种浪漫的感觉*

从学生成长为一名革命者

我1924年6月出生在福州，曾经在英华中学、福建协和大学读书。1946年2月在福州，由何友礼、何友于（学委委员）介绍，按党章规定程序加入共产党。

1941年我在英华中学读书时，党员孙道华（后为福州市委书记）与我长谈一个晚上，勉励我在反帝反封建斗争中争取入党。后因皖南事变，党在白区实行隐蔽精干政策，英华中学、福建协和大学都停止发展党员。1944年，曾焕乾、何友礼在福建协和大学秘密组织读书会，学习马列主义。我参加了读书会，并参与了抗日、“反姚家恶霸”、“女生会客室事件”等协大学生运动。

1946年2月，我担任首任福建协和大学党支书，后又担任第二届学委委员；1947年2月参加闽浙赣区党委龙山会议后，任福长平工委书记，在福清创立武装据点。我是知识分子，初到福清山村，依靠党，依靠群众，成功建立了灵石山武装据点，后成为福长平工

---

* 原刊高锦利主编《口述福州——解放1949》（鹭江出版社，2019）。

委所在地，这个据点打通了从福州到平潭的秘密交通线。5月，我调入省委机关。9月，任闽永尤南沙五县中心县委委员。1948年4月24日，参加中共闽清县委在塔庄镇麟洞村梧桐顶召开的第二次干部扩大会议时，因叛徒告密，我同中共尤溪县委书记廖怀玉、中共闽清县委一都区委书记蔡兆源及县委工作人员黄嫩嫩、陈国正等7人被捕。

狱中绝食斗争胜利　出狱后调查收集情报

1949年初，国民党特刑庭把我和已判决的李青等20位政治犯关在鼓东路省高等法院牢狱，和普通犯人关在一起。当时狱中总共有几百人。李青（原在闽浙赣省委电台工作）在狱中带领我们学习时事，高唱《国际歌》等革命歌曲，相互勉励，趁狱中"放风"机会对狱友进行宣传教育。不久，我们发动全体狱友进行"反鞭打、反克扣"的绝食斗争，取得了胜利。我们分析认为狱中敌人力量薄弱，准备越狱，李青请示福州太平山支部，得知"李铁生意失败"（暗指城工部事件），只得放弃计划。

1949年4月，因国共和谈，敌人被迫释放政治犯，我们20位政治犯终于重见天日。出狱后，李青来我家告诉我城工部事件，并安排我为福州解放做调查工作。适逢闽清县积极分子林开明、肖贤邦来访，他们也乐于参加这项工作，我们克服困难陆续提供了很多情报，直至福州解放。

福州解放来之不易

福州解放前夕，治安很乱，民不聊生，广大人民天天盼解放。我家也是"今天未知明日粮"，没有饭吃。我父亲当时负责看管几座基督教会的房子，母亲是教会底层工作人员。

当时国民党政府人员，特别是下层也在思变。就在1949年初，我被关押在鼓东路省高等法院监狱时的第一科宋科长、看守孙伯龄，以及先前关押在军法处狱中的国民党军连长谢道球，还有黄贞清、余世椿，都被我们争取过来。谢、黄、余出狱后，成功带一连官兵投诚闽清地下党黄世杰领导的游击队。

1948年后，与上级断联的城工部基层组织和党员坚守信念，分散独立地坚持革命斗争。林白率领五县中心县委，在闽古林罗连开展武装斗争；平潭游击队以少胜多，打进平潭县城；闽清游击队在解放军先头部队配合下取得清溪阻击战的胜利。福州城内“反内战、反饥饿、反迫害”的爱国民主运动也进入高潮，大家运用自编的《大众报》《小火星》等刊物进行宣传工作，又冒险张贴解放军布告，搞好统战策反、收集情报、护厂护校等活动，配合解放军十兵团解放福州。

日日盼望着我可爱的故乡福州的解放，这一天终于来到了。

1949年8月17日，这天天气格外晴朗，有一种很浪漫的感觉。半夜听到枪声，黎明前隐约听到飞机声。清晨我独自出门，想不到亲眼看到有位年轻的游击队队员，身穿便衣，背着枪，扎着红带，骑着脚踏车，从茶亭向南慢慢骑来，像英雄那样高喊：“我们的队伍来了!”接着一辆吉普车从同一方向驶来，缴了洋头口岗哨警察的手枪。不多久，解放军先头部队也来了。

早餐后，李青和一个党支部同志（当时领导我做调查收集情报工作）满怀胜利的喜悦来找我。我们一同走到上杭路，街上没有多少行人和来往车辆，很多店铺半掩着，静悄悄的。万寿桥边有小规模战斗，有枪声。下午，市民欢天喜地地听到高唱《解放区的天》《团结就是力量》等革命歌曲。夜里，看到解放军战士穿草绿色军装带枪和衣躺在吉祥山西侧的人行道上。

怀念城工部烈士

我出狱后，同许多幸存的城工部党员一样，组织关系一直未能恢复。战友，或战友家人，如郑一惠的父亲、林吉安的母亲、曾焕乾的妻子马玉銮等来访，一是寻找党，希望通过我恢复党组织；二是打听亲人的消息，盼望胜利归来，结果听到的是亲人可能罹难的消息。这难言的情景，无法形容的心情，是我一生最难受的事情，比刀割还痛，比入狱还苦、还难受。在城工部烈士中，我印象最深的是庄征。他被误杀前，我在省委机关，可以说是知情者。庄征可贵的遗言是："城工部其他人是好的。"他在诗中写道："人生何所求？忠诚党事业。""举臂誓言坚，献身为人民。"

可贵的是，城工部同志和他们的亲人以党和人民的事业为重，无怨无悔，忍辱负重。同时，遇难烈士及其革命理想指引着我，要相信党、相信组织，激励我用一生一世的努力奋斗来祭奠他们。

第二辑　悼念英烈

忠诚党事业，献身为人民

——重读《咏志》，缅怀庄征烈士

在纪念建党90周年之际，我重读了庄征烈士罹难前不久写的诗作《咏志》[①] 这组诗浓缩的是他坚定的党性意识、无私奉献精神和一生执着的追求，字字句句显现出一位革命者的光辉形象。

一

庄征

1946年2月1日，我加入了中国共产党，由何友礼、曾焕乾直接领导，及至1947年5月调入省委机关。我与庄征直接接触不多，但受过他的影响。现就我所见、所闻、所学的一些事实来阐释《咏志》，说明在激情燃烧的烽火岁月里，一位知识青年如何“烈火炼成金”。

庄征“一心播赤种”。抗战初期，福建省实行高中学生民训，当时剑津中学的庄征和英华中学的许世华同在顺昌县参加，也就是在那

① 李健、陈炳岑、张自旗主编《爝火集：东南诗与散文选（1937—1949）》，江西省社科院赣文化研究所，1998年，第117页。

个时候，他心中播下了革命种子。许世华回校后，与杨申生等一起开展党支部活动，领导学生运动，先后发展我的学长邱文凯、李健、郑孔佩及我的班友孙道华、简印泉等入党。英华中学成为有革命传统的学校。

1945年6月，省委派庄征到福州开展城市工作。8月，在今闽侯县青口镇西台村南阳顶石洞以短训班方式建立闽江工委，庄征、李铁、孟起、林白、杨申生为委员，庄征任书记。

记得1945年秋，何友于从福州到邵武，准备在协和大学建立党组织。早在1944年，曾焕乾、何友礼已秘密组织9名进步学生参加马列主义学习小组，还胜利开展了抗击姚家恶霸的反暴斗争。适逢抗战胜利，学校准备迁回福州，所以改为回福州建立党组织。1945年12月，闽江工委建立学生工作委员会（学委），曾焕乾、何友于、何友礼为委员，曾焕乾为书记，接着建立了协和大学党支部。1946年4月9日，庄征在林森县桐口乡龙山村召开闽江工委干部会议，传达贯彻福建省委“二月会议”精神，增补曾焕乾、何友于为闽江工委委员。

1946年初，何友礼等带庄征、李铁来我家。这是我平生第一次见到老革命者。庄征英俊潇洒，举止谈吐充满豪情睿智，他分析革命形势，讲斗争经验，我深感兴奋、钦佩。

同年7月24日，闽江工委在螺洲召开干部会议，庄征作了《联系群众、深入群众，巩固党、提高党》《关于英雄问题》的报告。他详细分析了革命英雄主义和个人英雄主义的五大区别，号召争当革命英雄，我们很受启迪。

1946年9月，曾镜冰到延安汇报工作后回到福州。11月，他由庄征陪同到南平县巨口乡黄连坡省委机关所在地，参加福建省党员代表会议。这是在全面内战爆发后，从继续隐蔽发展到发动游击战争的历史转折时期召开的党代会。1947年1月15日通过了《福建党九年斗争总结（草案）》，其中赞扬了庄征等采取灵活策略，取得反特斗争的胜利。《总结》认为从1938年2月至1946年底9年的斗争中，福建党组织“三大创造之一”是“在反特务斗争中，必须一方面坚持革命的严肃性，发扬革命气节，另方面采取革命的灵活性，破坏特务组织，争取动摇分子”①。庄征这段惊心动魄的经历，我在1984年4月《邵武党史座谈会专辑》中刊载的刘静贞发言《略述以“特”反特斗争》中才读到的。她讲到1943年9月，由于叛徒出卖，庄征、张树雄（张宗显）、刘静贞、杨瑞玉4人被捕。在省委的支持和配合、协和大学学长肖玉英的帮助下，庄征领导这几位被捕同志与特务巧妙周旋，粉碎了特务的阴谋。庄征于1944年初回到省委。在这场惊险的斗争中，庄征表现得忠贞坚定又机智灵活。

省党代会根据上级指示，将福建省委改为闽浙赣区党委，庄征当选为区党委委员，李铁、孟起为候补委员。闽江工委扩大为城工部，由庄征、李铁分任正副部长。在省党代会期间，庄征捎信给闽江工委，要求“积累干部、积累经验、积累经费”。

二

会后庄征回福州，于1947年2月22日至25日在林森县桐口乡龙山村召开具有里程碑意义的城工部干部会议（史称“龙山会议”），这是闽浙赣边区城市工作的重要转折点，即从闽江工委时期隐蔽精干，积累力量，以学运为重点的方针转变为城市工作为农村服务，为游击战争服务。参加会议的有30多人（其中福建协和大学校友13人）。庄征传达省党代会精神，系统总结了闽江工委两年斗争，并做了《论开辟第二战场》的报告。他提出思想建设的三个方

① 《中共闽浙赣边区史》，厦门大学出版社，1993年，第351页。

面：（1）认识必然，抓住偶然；（2）依靠组织，依靠群众；（3）顽强斗争精神。会上，庄征等4人被评选为英雄。会议中真树华教唱歌曲《你是灯塔》："年轻的中国共产党，你就是方向，你就是核心，我们永远跟着你……"会后，这首歌传遍福州许多学校，至今仍时常回荡在我脑海里。

一批党员干部响应龙山会议号召，脱产革命，奔赴农村城市开展工作，发动游击战争。我离开协和大学，任福长平工委书记，到福清县协助曾焕乾打通平潭—福清—福州秘密交通线，创建东张镇灵石山武装据点。龙山会议后，学生运动和城市群众斗争也蓬勃发展，斗争有理、有利、有节。在福州市学生声援省福中"三二五"抗暴运动中，协和大学600多人高举"反饥饿、反内战，争民主"横幅，从魁岐冒雨乘船到福州游行。

庄征在诗中写道："城工善运筹，同志共努力。九年斗争史，鉴前又策后"他任城工部部长半年时间，城工部已发展到拥有"党员三千，干部二百"的党组织，不仅有效促进了城市爱国民主运动的发展，而且有力支援了农村游击战争。

三

1947年5月，庄征派我去闽浙赣区党委机关，由陈德义带我从白湖亭乘船到尚干乡。傍晚，闽浙赣区党委书记曾镜冰、军事部长阮英平也到该乡。夜里我们一起走上山至南阳顶革命群众伍俤家（房屋已三次被敌兵烧毁，三次重建），然后转至附近的大石洞（可容纳30多人）。

过几天，区党委机关驻地由石洞迁往不远的深山处。我们沿溪跋涉（沿溪走，敌人发现不了足迹），用树枝、茅草搭棚。7月，庄征、李铁、孟起、苏华、黄宸禹等都来参加区党委"八二八"会议。

曾镜冰向全体机关干部传达华东局《灰日指示》和会议精神。会后我连夜将庄征、黄宸禹二人送到尚干乡一个革命群众家。

会议刚结束，林汝楠（闽中地委委员）带我等隐蔽在南阳顶东侧山头。他讲述了许多闽中的革命斗争事迹，记得他说，有一次庄征主持开会，突然一名战斗员前来报告敌兵袭击，顿时气氛紧张；庄征让大家保持镇静，不要惊慌，并且指挥全体同志有序地转移；最后宣布这是一场演习。这事很能说明庄征的性格。

同年 9 月，闽浙赣区党委改为闽浙赣省委，省委派我到福州向城工部调干部到闽永尤南沙中心县委。临近中秋的一天，庄征在道山路小巷住处告诉我关于孟起被捕的情况，打算营救，又告诉我接到省委通知，因准备迎接解放军南下，我暂缓回省委机关汇报，改由他和李铁先去。几天后，李铁回来，夜里在开明书店留守处地下据点，向何友礼、王毅林和我三人传达“庄征事件”。李铁最后郑重地强调庄征临终时讲的话：“只是我一个人的问题。”这句话掷地有声，反映庄征的一片丹心。

这件事的实际情况是：“庄征为了营救孟起，提出用假自首等办法，由此而引起区党委书记曾镜冰的怀疑。加上庄征历史上曾经被捕过等一些原因，曾镜冰便认定庄征是叛徒，即把他秘密处死。”[①]

我回省委机关后，同志们告诉我庄征罹难的一些细节，曾镜冰给我看了庄征手写的一份交代……及至 1956 年，经党中央批准，城工部平反昭雪，追认庄征等为烈士。

---

① 中共福建省委组织部组织史办公室编著《中共闽浙赣区（省）委城工部组织史概要》，福建人民出版社，2008 年，第 2 页。

四

庄征理想坚定，赤胆忠心，富有正义感，又乐观自信，思路敏捷，机智灵活，能力卓越，历经磨炼和严峻考验，深受人们敬爱。何友于等战友时常向我谈及庄征有过人的聪明才智。

为了人民解放的事业，庄征和同志们进行了不折不挠、可歌可泣的英勇斗争，立下不可磨灭的历史功绩。

后来，我从庄征儿子庄康星提供的家信、诗歌等史料中，进一步深入了解了庄征的高尚情操：

> 1943 年，国民党顽固派对闽浙赣地区发动大规模围攻，相继破坏中共江西省委和浙江省委，进而想破坏福建省委。时局艰险，庄征在寄给他母亲的相片背面，奋笔题字："勇敢！毅力！奋斗！""准备随时做出牺牲。"

> 省委委员陈金来被错杀于 1941 年 9 月 24 日。庄征、杨瑞玉夫妇极为悲痛，冒风险慰问其遗孀何梅金。

奇才　奇功　忠诚

——庄征烈士写照

2011年6月23日《福建日报》及《海峡通讯》2011年第7期相继刊登《群星璀璨　光耀八闽——党的优秀儿女福建群英谱》，“蒙冤罹难的不幸者”一节中提到，解放战争时期，在城工部事件中蒙冤罹难的党员领导干部有闽浙赣区党委城工部部长庄征。

1947年8月28日，庄征罹难前不久，用诗《咏志》表达他的人生追求、革命信念以及党性意识。他在八闽艰苦的革命实践中，受到血和火的洗礼，历经磨炼和严峻考验。诗如其人，的确是“坚持与敌斗，烈火炼成金”。

庄征烈士有其鲜明的特征，即奇才、奇功、忠诚。

一、奇才

庄征潇洒英俊，乐观自信，热情正直。1985年7月，王一平弥留之际赋诗《悼念庄征杨瑞玉夫妇》：“庄征吾好友，年少气轩昂。”何友于、孙道华等战友赞誉他有过人的聪明才智。他善思考，有见地，在学校是学生领袖，在建瓯培汉中学、南平剑津中学历任学生自治会主席。有一次，他以事实批驳剑津中学美籍董事长班谷，说明学校操场中立国家美国国旗，避免日本飞机轰炸，着重是保护美国财产。在深山召开党员干部会，他不作预告，安排敌顽突然围攻下的转移演习。1946 年，他西装革履，与杨修文大伯母乘车到台江剧场，巧撒革命传单。第一次见面，他就指导我们如何摆脱敌人跟踪。他做报告生动有力，号召力强。1946 年 7 月，他论述革命英雄主义和个人英雄主义五大区别，大大抒发了革命热情和无私奉献精神。特别是 1943 年，敌特破坏浙江、江西地下党省委后，妄图破坏福建省委。当年 9 月庄征等被叛徒出卖而被捕，在惊险曲折的以“特”反特斗争中，庄征立场坚定，沉着机智地斗争，堪称奇才。

二、奇功

1946 年党中央充分肯定和高度评价福建人民九年多的革命斗争。刘少奇指出抗日战争时期，福建工作有三大创造，即武装退却、合法斗争与武装斗争相结合、反特务斗争。庄征堪称是以“特”反特的英雄。

1943 年庄征、杨瑞玉、张树雄、刘静贞在江西铅山县河口镇被捕。在福建省委领导下，庄征等与敌人巧妙周旋斗争，“取得了这场异乎寻常的反特斗争胜利”。省委不仅安全撤退，使组织和党员群众摆脱敌人的破坏，庄征也巧妙地虎口脱险，特务破坏省委的阴谋彻底破产。

1945 年上半年，省委派庄征到福州开展白区城市工作，8 月即成立了闽江工委，庄征任书记。成立后一年多时间里，闽江工委抓住抗战胜利后的大好形势，以福州城为重点，在大力发展学生党员；在建立组织的同时，有关同志还深入工厂、农村、社会各行各业以及国民党军警特务机关，并向厦门、莆田等 14 个县市扩展，活动范围从本省发展到台湾、浙江等省。1947 年 1 月福建省代表会议上，他被选为区党委委员，任城工部部长。

1947年2月22日至25日，庄征在具有里程碑意义的龙山会议上，作了《论开辟第二战场》的报告，对闽浙赣城市工作作了系统性阐述，至今仍有很高的历史价值。会议上庄征被评选为英雄。

三、忠诚

庄征有诗云："人生何所求？忠诚党事业。""举臂誓言坚，献身为人民。"信念、忠诚、智慧交织着他人生的风风雨雨。剑津中学的校友（战友）施作师赞誉他："您是一颗闪闪的星星，照耀人们在黑暗中探索真理的道路；您是一把永远有光辉的利剑，令一切反动派在您面前胆战心惊。"

不幸的是，"庄征为了营救孟起，提出用假自首等办法，由此引起区党委书记曾镜冰的怀疑。加上庄征历史上曾经被捕过等一些原因，曾镜冰便认定庄征是叛徒，即把他秘密处死"。当时李铁从省委机关一回到福州就向何友礼、王毅林、陈世明传达此事，最后说：庄征临死前讲了句公道话："只是我一个人的问题，其他城工部同志是好的。"李铁还告诉简印泉等：庄征临刑前在山脚向山顶的李铁高喊："你看福州工作还有哪些我没向你交代清楚。"庄征无畏牺牲，献身革命，爱护党和同志。庄征烈士浩气长存！

燃烧自己　照亮征途*

——追忆李铁烈士

李铁

2011年是李铁烈士诞辰100周年。2010年在福建师范大学教育学院研究生院“一二·九”运动纪念会上，我讲述了李铁烈士的事迹。抗战结束后，福州学生运动的领导者李铁（郭耘），也是1935年“一二·九”运动的积极参与者。他当时任北平师范大学文学院党支部书记，七七事变后辗转南下，1938年1月后一直在福建领导革命活动。

在1946年、1947年整整两年时间里，我与李铁多次接触，好多细节鲜为人知。60多年过去了，他的音容时常浮现在我脑海里，他的理想、品格、智慧闪闪发光。

1946年1月的一天，何友礼、何友于带闽江工委书记庄征和组织委员李铁来到茶亭真神堂后进我的家中，这是我第一次接触到革命者、老共产党员。他们谈吐幽默文雅，具有知识分子聪慧、老练

* 原刊《福州党史》2011年第2期。

的风度。记得他们讲述摆脱敌人跟踪的惊险经历，我听了十分兴奋和钦佩。

抗战结束后，协和大学（协大）从邵武迁到福州市郊魁岐乡。李铁建立并领导学生工作委员会（学委），由曾焕乾、何友于、何友礼任委员，工作十分出色，迅速打开局面。

在协大，我入党前后学习了李铁的手抄本，如陈云的《怎样做一个共产党员》、省委的《论家庭问题》《自力更生、赤手成家》。1946年春，协大复课，我们创办时事研究会。当时的时事热点是东北问题，由吴映奎同学讲演，主要参考李铁写的详细提纲。

我唯一一次听李铁的长篇工作报告，是1946年7月在螺洲通宵召开的学委扩大会，我们戴着黑布面罩开会。李铁总结学委工作经验，提出要培养干部，筹措经费，争当革命英雄。同年12月，福州大中学校掀起声势浩大的声援北平沈崇事件的抗暴运动，由李铁统一指挥（庄征当时北上参加省党代会）。协大同学怀着义愤和满腔热情，冲破重重阻力，集会、罢课……1947年1月，秘密转来李铁亲笔信，嘱适可而止，运动胜利结束。

1947年2月22日至25日的城工部干部会议（龙山会议）时，李铁已是省委候补委员、城工部副部长。他主持会议，善于启发同志们领会“城市工作为农村服务”的方针，既明确方向，又增强信心斗志。会议评选庄征、曾焕乾、何友于、何友礼为英雄（后三位一直是李铁领导）。

龙山会议前后，在李铁领导下，曾焕乾在平潭、福清、长乐打下良好的地下基础，组织了海上游击队。龙山会议后，我响应号召，脱下学生装到福清县开展工作。我在福清创建灵石山武装据点，打通平潭经福清到福州的秘密交通线时，两度回福州向李铁请示汇报。李铁是学者型领导，谆谆告诫要善于从实践中学习，并具体指导我们总结斗争中的经验教训。

1947年，省委“八二八”会议，李铁也参加了。会议期间他告诉我关于福州学生运动特别是“六二”事件的有关情况。会议一结束，省委准备开辟闽江南岸为三十路游击区之一，组建闽永尤南沙中心县委，派我到城工部调动这一带的党员干部回乡。我一到福州就听到省委候补委员孟起被捕的消息。中秋节将到，又突然接到通知让我返回省委机关，改为庄征、李铁上山。几天后，李铁回到福州，在开明书店留守处地下据点向何友礼、王毅林和我传达城工部事件。

李铁继任省委城工部部长。我带着他写的今后工作计划回省委机关，两三天后又带曾镜冰阅后的指示信到老党员庄弃疾家，当面交给李铁。不久，多名城工部学生党员干部调到中心县委。1947年底，林汝楠突围到福州养伤。那时参加过国民党东南特训班的蔡兆源申请入伍，林汝楠请示曾镜冰。研究时李铁在场，大胆作证蔡兆源是他在闽清中学教书时的学生，有革命热情，可以吸收。我真佩服李铁这样敢于对党对同志负责的大无畏精神，实践证明李铁的意见正确。蔡兆源被捕后，在狱中坚持斗争，被敌人杀害于南京雨花台。

李铁忠心耿耿，光明磊落，一身正气。在功绩面前从不骄矜，遇到挫折，以革命利益为重，继续奋进。史书记载，李铁“1938年8月组建中共福州工委并任书记。1940年3月任中共闽江特委（南平）书记。1941年任闽中特派员。因在起草一份抗日宣言文稿中有‘拥蒋’论调，被曾镜冰1942年5月巡视闽中时发现，由此受到过火的批判并被撤销职务，调省委搞译电工作。后被省委派到邵武、南平、古田、沙县、尤溪及闽东一带工作。1945年暑假期间来到福州遇上庄征，两人一起到省委训练班受训后，又一起被派到福州组建中共闽江工委”[①]。1948 年 4 月，李铁蒙冤罹难，1956 年平反昭雪。烈士英魂永远活在人们的心中。

李铁是我们敬爱的老领导，也是我们革命的引路人，他燃烧自己，照亮我们奋勇前进。

---

① 中共福建省委组织部组织史办公室编著《中共闽浙赣区（省）委城工部组织史概要》，福建人民出版社，2008 年，第 52 页。

李铁是一位有革命理论修养的革命家*

《群星璀璨　光耀八闽——党的优秀儿女福建群英谱》“蒙冤罹难的不幸者”一节中提到，解放战争时期，在城工部事件中蒙冤罹难的党员领导干部有福州市委书记、闽江特委书记、闽浙赣区党委城工部第二任部长李铁。

李铁烈士实际上也可以列入该文的另一节“血沃八闽的外省人”，该节说明中提到：“在福建党史上，有这样一批来自外省异乡的共产党人，曾在福建的党政军组织机构中担任过重要领导职务，为了革命事业，他们无私奉献青春年华，甘洒热血，福建这片红土地青山处处埋忠骨。”

孙树凤《爱国忧民忠于党　雪化方知松高洁》中写道：“中共福建省委1956年正式做出决定：为省委城工部平反，为李铁平反，并追认李铁同志为革命烈士。同时认为李铁同志为民族解放事业洒尽了热血，献出了宝贵的生命。他的一生是短暂的，但他为中华民族和无产阶级的解放事业而英勇献身的革命精神，他那不怕艰难困苦，不怕牺牲抗战到底的意志，他那始终坚持党的利益高于一切，并为

* 本文写于2011年11月。原刊《雪化方知松高洁——李铁烈士纪念文集》（福建人民出版社，2013）。

之奋斗终生的无产阶级党性，在福建人民的心目中留下了一个真正共产主义战士的崇高形象。”

1946年初，我在李铁领导下工作，历时一年多，后来到福建省委机关。就我所见、所闻、所学、所感，李铁烈士是一位有革命理论修养的坚定革命家。

他执着追求真理，坚持理想信念，具有坚定的革命意志和很强的党性意识。保持谦虚，不骄不躁，不论遇到多大挫折、困难、险阻，甚至受到过火的批判和不适当的处分，都能挺得住，忍辱负重，能上能下，无怨无悔。李铁一身正气，襟怀坦荡，光明磊落，经受住了磨炼和严峻考验。

他重视干部党员教育。不少知识青年把他当“启蒙老师”“革命的引路人”。他是“一二·九”学生运动的骨干。他有较深厚的理论基础和文化底蕴，又深入实践，有城市秘密工作、青年运动等丰富经验。所以他传播革命思想生动活泼，针对性强，有很大的感染力和号召力。他创办革命刊物、书店，宣传教育方式方法多种多样，在八闽大地上唤醒百姓，播下革命火种，逐步汇成强大的革命力量。他对知识青年教育的着重点是树立正确人生观，至今有的战友还念念不忘李铁当时的教诲，表示衷心感激。

他真正做到全心全意为人民服务，把理论与实践相结合。不少战友说他是学者型的领导干部，谆谆教导我们不但要努力学习理论，而且要深入实践，从实践中总结经验。李铁走群众路线，依靠群众，发动群众，非常关心贫苦劳动大众；在工作上有高度责任感，认真踏实，兢兢业业，办事沉着稳重。他把信念、良知、智慧、意志倾注在工作上，为党、为人民立下不朽的功绩。

他组织观念非常强，又有克己奉公、艰苦奋斗的高尚品德。他的一生是革命的一生，无私奉献的一生。李铁根据党的需要，辗转南下来到福建白区，克服人地生疏、语言不通、腿脚不便等困难，顽强又艰苦地奋斗。他先人后己，生活简朴，公私分明。他说："几年来，我吃了自己愿意吃的苦，所以也经历了人们难以遇到的奇境，获得了丰富的经验，体会了人生最愉快的滋味。"这切实反映了李铁伟大的心路历程。

印度诗人泰戈尔有诗曰：

如果您在黑暗中看不见脚下的路
就把您的肋骨折下来
当作火把点燃
照着自己向前走吧

我们敬爱的李铁烈士就是这样的人。他"燃烧自己，照亮征途"，不断激励我们奋勇前进。雪化方知松高洁，愿李铁以肋骨燃烧的革命火把代代相传，更加光彩夺目，更加灿烂辉煌。

顶天立地的英雄*

——缅怀协和大学革命烈士

迎接建党90周年之际，我们怀念战友，学习烈士的高尚情操和浩然正气。

在硝烟弥漫的战争年代，中国革命大转折的关键时期，协和大学10位革命烈士为战胜帝国主义侵略，推翻旧政权，建立新中国，用生命和鲜血谱写了可歌可泣的史诗。从土地革命到抗日战争，有郑维新、卢懋榘；从抗日战争到解放战争有曾焕乾、何友于、何友礼、郑一惠。1946年陈盛骙、林吉安、吴毓桂、林坡相继参加共产党，投入解放战争。他们壮烈牺牲时，年龄最大才32岁，最小21岁，平均24.4岁。

协大坐落在福建省会福州市郊魁岐乡。1938年5月，协大内迁邵武。当年6月，中共福建省委在崇安县成立，经常活动在邵武一带。抗战胜利后，学校迁回福州，这时中共闽江工委（后为省委城工部）基地也在福州。协大始终处在斗争十分复杂的环境中。

协大是基督教会办的著名学府，校训“博爱、牺牲、服务”于1916年正式开课。1919年，伟大的五四运动在北平爆发。“民主与科学”精神鼓舞协大全校师生开展反帝、反封建的爱国民主运动，

---

* 原刊《福州党史》2011年第1期。

展现了知识分子的良知、意志、智慧和勇气。

协大的10位革命烈士，他们的传略、事迹都已载入福建史册，我反复阅读，以此鞭策自己。我是第一届协大党支部书记。曾焕乾、何友礼、何友于是我的革命引路人，前期的直接领导者。陈盛骙、林吉安、郑一惠、吴毓桂是我的亲密战友。往事历历在目，每当想起他们顽强而执着的精神，我心潮澎湃，浑身有说不出的力量。

他们是受人爱戴的品学兼优的学生，勤奋学习，求索真理，奋发上进，胸怀“天下兴亡，匹夫有责”的信念，忧国忧民，富有正义感，痛恨贪官污吏、土豪劣绅，积极学习和传播进步思想，组织领导学生运动。

郑维新才华横溢，高中毕业考国文、英语成绩全福州市第一。卢懋榘在校即迈入文坛。曾焕乾刻苦学习马列书籍，爱好文学、书法，练拳习武，“文武双全”。1946年1月他编著出版《中国民间文学》。

化学系何友礼、林吉安、陈盛骙都如饥似渴地学习进步书刊。何友礼因之转至历史系。1945年他翻译思想家罗素论著，刊在《东南日报》头版。何友于、郑一惠也发表了许多进步文章。

协大学运前仆后继、波浪式发展与10位革命烈士的努力是分不开的。1931年郑维新、卢懋榘创办《协大学生》等刊物，组织读书会，发展反帝大同盟，推动抗日救国。1944年秋，曾焕乾、何友礼在邵武校内秘密组织马列学习小组，曾传阅《新华日报》刊登的《论联合政府》《论解放区战场》等。他们通过公开笔会，座谈于潮（乔冠华）编著的《方生未死之间》，启发同学们觉悟，过有意义的生活。1945年又参与领导抗击姚家恶霸及反对关闭女生会客室的民主运动。因此，协大被福建省委书记曾镜冰誉为学运的民主堡垒。

他们是富有正义感的热血青年，离校后投身轰轰烈烈的革命事业，不畏强暴，不怕艰险，抗日反顽。在福州等城市开展抗日救亡及爱国民主运动，开辟第二战场；在福建广大农村，开展群众性游击战争。他们百炼成钢，有感人的传奇经历。

1932年，郑维新参加领导轰轰烈烈的福州民众“肃劣”即抵制日货运动。“九一八”周年群众大会后，他带领群众查抄11家商店的日货，抓获一名奸商游街。

年龄最大的卢懋榘是福建文化界名人，被誉为“南方的艾思奇”，创办《现代青年》等刊物。有位青年读者反映：“他的文章把信念、意志、理想送进我们的心扉，激发昂扬的斗志。”1940年，卢懋榘转移到崇安，他身患重病，近视700度，仍坚持工作，担任省委办的武夷干校教育长兼教哲学。

1945年，闽江工委在福州建立学生工作委员会（即学委），曾焕乾（书记）、何友于、何友礼为委员。他们以协大为重点，迅速打开局面。翌年4月，曾焕乾、何友于任闽江工委委员。1947年2月，城工部召开龙山会议，曾焕乾被任命为闽浙赣城工部地下军副司令。他有胆识、有魄力，领导平潭、福清、长乐地下工作，组建平潭海上游击队，后来调任闽北地委常委兼城工部部长。他利用社会关系，在闽北、赣南等地开展统战策反等工作。何友于到闽西北任闽赣地委城工部部长，组建泰宁县委，等等。

1947年3月，陈盛骙、林吉安到古田县，在卓洋、岭里发动农民武装暴动。同年6月，省委常委兼军事部长阮英平组建古罗林中心县委，陈盛骙、林吉安分别任副书记、委员。同年省委“八二八”会议后，曾镜冰组建闽清县委，调郑一惠到闽清任县委副书记。郑一惠为人热情忠厚，胜利地领导闽清县二都群众抗丁斗争。那时我任闽永尤南沙中心县委委员，和他并肩战斗。1948年底，林坡转到福（清）长（乐）林（森）中心县委，任组织部副部长，深入长乐农村，发动抗丁、抗粮、抗税等斗争。

在福州，学委书记何友礼协助城工部李铁部长领导全市学运，如1947年声援“三二八”省福中学生的反迫害斗争，5月“反饥饿、反内战”示威大游行等。何友礼兼任“人民社”社长，后任省委宣传部秘书。

此外还有吴毓桂（林姐），她是协大图书馆管理员。1947年9月我们重逢时，她已成长为职业革命者，领导支部12位党员，密切联系群众，收集情报，捐献金钱布匹，赶制130余套军服，支援游击队。

他们死得光荣：有的浴血奋战，英勇牺牲；有的刑场就义，浩气凛然；有的因城工部事件不幸殉难，英魂永存。

1932年11月20日，郑维新指挥一百多名爱国群众游行示威至福州市警察局，要求惩办奸商，释放被捕群众。他义正辞严斥责局长丘兆琛镇压抗日运动的罪行。丘兆琛恼羞成怒，命令卫兵开枪，郑维新身中数弹，壮烈牺牲。这就是震惊全国的“郑维新事件”。

记得1947年夏天，曾镜冰在《福建党九年斗争总结（草案）》中写道：“通讯队转回崇安附近，受袭击。卢懋榘等同志被捕。卢同志被捕后，他不顾敌人任何拷打，在集中营里，每次上课，他都挺起身躯与之辩论，课后又与自己的同志上第二课，揭穿敌人的欺骗。每次如此，每次拷打，直到他停止了呼吸。他这一斗争感动了群众，很快像神仙一样传遍了各地，这是福建党与人民革命气节最高的表现。”[①]

1947年12月一个寒冷的风雨之夜，阮英平和闽东机关指战员共6人，在宁德霍童乡前圪楼村一座独栋房屋被敌保安队包围。黎明前发现敌情后，陈盛骙和大队长阙东生持驳壳枪拉开大门边射击边冲锋，阙东生当场牺牲，陈盛骙负伤但仍坚持战斗，掩护阮英平等

① 福建省档案馆、中共福建省委党史征委会闽浙赣办公室编《闽浙赣党史文件资料选编》，福建人民出版社，1987年，第383页。

从后门突围。最终陈盛骙身中数弹，壮烈牺牲。

1948 年不幸发生城工部事件。曾焕乾一片丹心向执行人员说："将来审查清楚了，承认我是烈士。"与上级党组织失去联系后，仍坚持革命斗争的吴毓桂勉励同志们："革命免不了会有挫折，重要的是要坚定。在任何情况下，都要相信党，相信我们的事业。"

1949 年 3 月 18 日，林坡等人执行任务，途经长乐县城时被捕，面对敌人严刑拷打，他坚贞不屈，被敌保安队活埋，临刑时不断高喊："共产党万岁！"

烈士们生得伟大，死得光荣。他们的高尚情操、浩然正气，永远是后辈人的楷模。

缅怀曾焕乾烈士*

曾焕乾，号滚江，1920 年农历五月出生于福建平潭中楼乡坪楼村。1936 年至 1938 年就读于福州英华中学，1943 年至 1946 年就读于福建协和大学。曾任中共闽江工委委员，闽江工委学委书记，闽浙赣省委城工部所属地下军副司令兼闽海纵队司令、政委，闽浙赣闽北地委城工部部长。1948 年 5 月不幸牺牲。

曾焕乾

一、少年时代初露锋芒

曾焕乾出身农民家庭，身材魁伟，性格开朗，生活俭朴，品德高尚，具有较高的理论修养和组织活动能力，是一位深受同志们爱戴的能文能武的革命者。曾焕乾小时候就读于农村半学堂式私塾，他天资聪颖，勤学善记，一教就懂。他品学兼优，写一手好字，书

---

* 本文由马玉銮、陈世明、吴秉瑜共同撰写。原刊《先驱者的足迹》（福建师范大学编印，1991）。

法比赛常获优胜，又练一手好拳，在学校中有很高声望。

1933年至1936年，曾焕乾在平潭岚华中学读书。日本侵略者的魔爪伸入我国，激发了他炽热的爱国热情。学校公演《卧薪尝胆》，他把忧国忧民的感情融入所扮演的越王勾践，给观众留下深刻的印象。

二、早年参加抗日救亡活动

曾焕乾很早就参加抗日救亡活动乃至武装斗争。1936年秋考进福州英华高中后，他参加了地下党员何希齐（思贤）领导的夜校活动，编辑《萤火》刊物，参与抗日救亡工作。

1938年，他因经济困难回平潭盘团小学工作，认识了地下党员周裕藩。他以任教为掩护，办农渔民夜校扫盲，星期日开展救国宣传。1939年，平潭被日伪军占领，他前往大田集美商校读书，参与创办《萌芽》刊物，并以“海岭”笔名发表文章，不久该刊被当局停刊。

1940年，平潭仍在敌伪占领下，他利用暑假前往大坂和福清硋窑，与周裕藩一起组织平潭青年参加抗日游击队，并任指挥。次年8月，与周裕藩、林慕添等人筹建沿海突击队。1943年2月，他与周裕藩等策划缴伪军翁尚武部枪支，未成功；5月，在福清裕康饭店被平潭反动当局以企图谋害林荫、下海为匪罪名逮捕，后经多方营救才获释放。

三、积极学习和传播马列主义

曾焕乾深刻理解到“没有革命的理论，就没有革命的行动”，他以马列主义为武装，剖析社会现实，从解决世界观和人生观入手，引导许多人走上革命道路。

他重视创办销售进步书刊的书店，1942 年就和同志们在南平开办剑城书店。1946 年至 1947 年初又在福州办文史书店，以此为掩护传播革命思想。

1942 年秋，曾焕乾考进迁往邵武的协和大学农经系后，对马列主义的学习和传播进入了一个新阶段。他在大学里勤奋学习马列主义，熄灯后常在宿舍里用三条灯芯插在盛油的盘子里，在豆大灯光下孜孜不倦地攻读。他阅读的范围很广，包括哲学、政治经济学、科学社会主义、历史著作、文艺理论以及文艺名著如鲁迅、高尔基作品等。泛读和精读相结合，重要书籍作卡片、笔记，写心得。

在邵武两年多时间里，曾焕乾以多种形式传播革命真理。他介绍同学阅读进步书刊，和不少同学深谈并进行思想互助。在公开的笔会（文艺组织）上，引导大家学习座谈《方生未死之间》，启发同学们，让进步的新生力量快生，促国民党腐败的政权快死。他以鲁迅为榜样，以笔当匕首当投枪，写犀利短文在壁报上发表，立论严谨，富有哲理，针对性强；在笔会上宣讲《关于文学艺术问题上的内容与形式》，阐明进步的文艺观，后担任笔会会长。

1944 年秋，曾焕乾与何友礼等秘密组织马列主义学习小组（共 9 人），每周一个晚上集中学习政治经济学等著作，其成员是协大学运骨干，后来大部分成为福建地下党的骨干。1945 年，他向进步同学传递刊登《论联合政府》《论解放区战场》等七大文件的《新华日报》，使革命青年如禾苗逢雨露，进一步明确了革命的航向。

四、推动协和大学民主学生运动

在进步思想启蒙下，1945 年协和大学在邵武开展民主学生运动，曾焕乾是主要组织者。

该年春夏间，一架盟军飞机因故障迫降于邵武县城附近，恶霸姚家仗势抢夺机上零部件，无理殴打侮辱协大学生，激起公愤。曾焕乾抓住时机发动反土豪正义斗争，在他的宣传和带动下，大批学生不顾姚家关闭大门、武装打手鸣枪威胁，冲进大门或翻墙而入，一贯欺压人民的恶霸惊魂失魄，全家从后门逃跑。这次斗争大长学生志气，大扫土豪威风。曾焕乾又组织护校队，夜间看守校园，防备报复，并通过办壁报等方式阐明真理，争取社会同情，孤立姚家。

校外反封建斗争的胜利激发了学生争取民主的激情。同年10月，女生会客室事件引起全校性民主运动。先是郭可禾、马玉銮等8位女生联名呼吁不让女生指导员占用会客室，校方不肯让步。曾焕乾等组成这场民主运动的领导小组，协助自治会主席郭可禾召开全校学生大会，举行罢课，历时一周，取得成功。这次运动使全体学生认识到团结就是力量，原来闽南和福州一带学生的隔阂为求民主也迎刃而解。在学运基础上改选学生自治会，进步力量占主导地位，黄猷为主席。从此协大学运一浪高过一浪，省委领导因之把协大誉为福建学运的民主堡垒。

五、迅速打开福州学生工作新局面

抗日战争胜利后，协大迁回福州。曾焕乾担任中共闽江工委学委书记。在闽江工委李铁领导下，学委首先组织青年学生在复课前学习《民主》《文萃》《世界知识》等进步刊物，认清新形势，并为建立党组织作准备。

1946年2月，作为学委工作重点之一，由曾焕乾及全体学委参加，成立了协和大学历史上第一届党支部。接着在英华、三一、省福高、福建学院、音专、黄花岗等福州大部分高中以上学校发展党员，建立党组织。学委工作局面迅速打开，学生运动在全市范围逐步展开，曾焕乾和学委委员何友于因之被任命为闽江工委委员。

平潭县青年上高中及大专院校都到福州，抗日战争后福州几乎所有高中以上学校均有平潭学生。1945 年 11 月，曾焕乾发起组织“平潭旅外同学奔涛学术研究会”，派吴秉瑜往平潭劝募资金，重点对象是县长林荫。林荫平时搜刮了不少钱，又想笼络在外读书的平潭知识分子，用他的钱又可以起掩护革命活动的作用。经过运作，果然达到预期目的，既培养了大批革命骨干，又为贯彻城市工作为农村服务、动员回乡开展工作做好准备。

这一阶段，曾焕乾多方筹集经费，如派人到台湾办商行等，做了不少工作。1946 年夏，在螺洲召开学委扩大会，李铁作总结报告。之后曾焕乾调出学委，负责建立和发展平潭革命武装组织，领导平潭武装暴动。

六、在平潭组织武装暴动

曾焕乾一贯重视发展革命武装，1946 年 5 月在平潭建立党组织，9 月就开始发展武装。10 月闽江工委任命吴秉瑜为平潭县工委书记，由曾焕乾具体领导。经过 3 个月细致调查平潭反动武装力量及武器情况，他们以玉屿为据点建立村党组织，在警察局内部发展个别党员，后经闽江工委同意，在平潭组织武装暴动。

当时已建立以党组织为核心的两支武装，一支是紫电队，队长陈书琴，队员有抗日立功的陈孝仁等 30 多人，有木帆船 2 艘，机枪一挺，驳壳枪 3 支，短枪 5 支，手榴弹 1 箱；另一支是以吴聿静为队长的游击队，内有几位抗日时以善战闻名的队员，以玉屿为主要据点，有机枪一挺，冲锋枪、驳壳枪各 1 支，长枪 30 多支，短枪 12 支，并打制大量的大刀、铁矛、土地雷和手榴弹。他们还通过在反动武装内部派进去、拉出来的办法进行策反，林荫卫队、警察局、自卫中队、林正乾中队都已有内应力量。

此外，曾焕乾还派林正光、施修莪等在福清龙高一带组织革命武装，派郑杰往福安策动兵变等。

不幸的是，因紫电队一号船遇风沉没，损失一批重要武器，部分同志不了解全局，急于筹款购置武器，发生了“码头劫案”，被敌人察觉，导致暴动流产。暴动虽未成功，但为后来平潭人民游击支队的活动和解放平潭打下很好的基础。

七、建立灵石山武装据点

1947 年 2 月城工部龙山会议上，作为主席团成员的曾焕乾荣获英雄称号，并被任命为城工部领导下的闽浙赣地下军副司令兼闽海纵队司令、政委。同时成立福长平工委，陈世明为书记，吴秉瑜为组织委员，郑杰为军事委员。福长平工委是曾焕乾直接发展和领导的城工部下属组织，其中心工作是贯彻龙山会议精神，组织平潭武装暴动，开展游击战争。

龙山会议后，曾焕乾偕陈世明前往福清东张镇，勘察灵石山，作为革命据点、闽海纵队司令部驻地和福长平工委所在地，并通过农民陈吓炎父子等的支持，在西山尾鹤夹山搭起了茅棚。曾焕乾在福清早已建立龙高区委，当时福清县委发展了东张及琯口区委。

平潭暴动未成功，5 月间平潭及福清党员干部、武装骨干相继来到灵石山鹤夹茅棚。曾焕乾到后召开会议，增补福长平县工委委员如林中长、张纬荣等，并设置学委。6 月，灵石山据点被叛徒出卖，敌人派兵围剿，队伍撤出灵石山。

八、为发展闽北革命立下最后一功

1947 年 9 月，曾焕乾任闽北地委城工部部长。当时他的爱人马玉銮即将分娩，但他一心为革命，立即赶往崇安。

在崇安，他向朱宗汉提出对新四军留崇安人员严格政审，表现好的吸收入党，在贫雇农、青年学生中发展党员，并分化打击敌人。崇安工作不论城镇、农村都蓬勃开展。是年冬，他提出建立县委，做好组织建设；改编新四军游击队；发展统一战线，以交朋友等方式打入敌人内部。由于他的正确领导，到1948年春，崇安党员由原来的2名发展到30名；统战方面，争取了湖南同乡会、崇安县商会和一些进步开明人士的支持，有的镇长暗中支援千斤谷子；策反方面，打入保安大队、军事科、教育科等单位。

曾焕乾工作面很广，发展了闽北许多市镇的工作，也很关心赣南的策反工作，曾向组织建议并先后派人到赣南策动武装起义。

及至崇安解放，许多战友才了解到曾焕乾已于1948年5月因城工部事件牺牲于闽北。他牺牲了，但他培养和领导过的许多同志仍坚持在许多县市进行斗争，他在平潭、福清及其他工作过的地方的革命群众中有很高的威信。他的形象、他的贡献永存。

深切怀念曾焕乾烈士

今年（2015年）是抗日战争胜利70周年，又是曾焕乾烈士95周年诞辰。抗日战争时期，曾焕乾是我的同学，是他指引我走上革命的道路，解放战争时期，他又是我的早期直接领导者，他的妻子马玉銮是我约40年的亲密战友。现我以亲历亲闻追忆曾焕乾烈士的英雄事迹和高尚风采，以讲好中国故事，弘扬中国精神。

一

抗日战争时期，福建协和大学从福州迁到邵武。1944年秋天的一个傍晚，农业经济系同学平潭籍的曾焕乾约我散步谈天，他热情地表示要和我结成志同道合的朋友，我欣然同意。

我们都是具有革命传统的福州英华中学的校友。曾焕乾有理想、有抱负，豪爽开朗，品学兼优，能文能武，有组织才干和领导魄力。我们常在协大壁报上看到他以海岑为笔名所写的犀利短文，抨击时弊，传播进步思想。

他1936年考进英华高中时已参加中国救国会，积极开展抗日救亡活动。1938年回平潭和共产党员周裕藩一起宣传抗日救国。1940年他参与组建平潭抗日游击队，任指挥。

适逢英华班友何友礼得到前辈林白的革命启迪后转学至协大化学系，和我学习生活在一起，我介绍曾焕乾与他相识。不多久，他们秘密组织马列主义学习小组，成员有马玉銮等9人，每周一个晚上集体学习。1945年学习《新华日报》刊登的党的七大文件，如《论联合政府》《论解放区战场》等，进而向进步同学传阅，使大家明确了革命的航向。

曾焕乾组织大家多方位、多层次开展抗日进步宣传，他在笔会上宣讲文艺观《关于文学艺术的内容与形式》，当选为笔会会长，1946年1月他编著出版《论中国民间文学》。

曾焕乾是协大学生运动的领袖，1945年协大同学反对当地姚家恶霸和收回女生会客室运动，大大促进了全校学生的团结进步。在此基础上，学生自治会改选，以进步力量为主导，黄猷任主席。因之中共福建省委把协大誉为福建学运的民主堡垒。

二

抗战胜利后，协大迁回福州郊区魁岐。曾焕乾即组织“平潭旅外同学奔涛学术研究会”。

1945年底，他担任中共闽江工委学生工作委员会书记。1946年2月在学委领导下，成立协大党支部。接着在英华、三一、福建师专、音专、黄花岗中学等校建立党组织。同年4月，曾焕乾担任闽江工委委员，又兼任台湾工委书记。他派干部去台湾办商行，筹集经费等。7月他担任福长平特派员，在平潭县及福清县龙高一带组织武装，平潭已有2支游击队，计划武装暴动。

1947年2月，中共闽浙赣区委城市工作部（简称城工部）在林森县召开具有里程碑意义的“龙山会议”。曾焕乾为会议领导小组成员，获英雄的光荣称号。会议任命他为闽浙赣地下军副司令兼闽海纵队司令、政委。会后，我担任福长平县工委书记，在他直接领导下，和同志们一起到福清县东张镇开创灵石山武装据点，并继续打通平潭经福清到福州的秘密交通线。

1947 年 5 月，我调到闽浙赣省委机关等地。后来听说，他任中共闽北地委常委兼城工部部长。他在南平、建瓯、崇安之间建立交通联络网，派朱宗汉回崇安发展党员，开展统战策反；组建“中共闽浙赣向边区崇安突击大队”。在他领导下，崇安党员由原来的 2 名发展到 30 名，统战方面争取了湖南同乡会、崇安县商会和一些开明人士的支持。策反方面，打入国民党当局保安大队、军事科、教育科等单位。他计划在武夷山周围城镇开辟新区，还先后派员到赣南策动武装起义。他工作面很广，先后到浦城、崇安、建阳、水吉、上饶、铅山等地开展工作，工作表现突出，地委对他十分信任。

三

曾焕乾的一生，折射出我国爱国热血青年在峥嵘岁月里的执着追求，成长为优秀革命者的奋斗轨迹和心路历程。他的光辉形象给人们以启迪和激励。

首先，他有坚定的理想信念。正因为他牢固地树立了正确的世界观和人生观，成为有灵魂、有血性、有品德的英雄。在协大，他常以英雄人物为榜样，热爱生活，志向远大，意志坚强，朝气蓬勃，浑身是劲。后来，他以身作则，继续带领群众，为民族独立和人民解放而英勇奋斗。他深得群众的爱戴和敬仰。

第二，有理论和实践紧密结合的作风。他如饥似渴地学习，求索真理，以革命理论武装自己。他有实干精神，深入群众，深入实践，以高昂的锐气，在福州、在福长平、在闽北等地白色恐怖下从事地下工作，都能迅速打开局面。

第三，有人格魅力，他党性强，赤胆忠心，光明磊落，经受了抗日反顽等斗争的考验。特别是1948年城工部事件中，他宁愿牺牲自己，来证实他所领导、所接触的城工部同志是忠于党、忠于人民的。他是一位优秀的中国共产党党员。

曾焕乾烈士纪念碑在平潭落成*

2016 年 8 月 27 日上午，英华中学校友曾焕乾烈士纪念碑在平潭县落成，我和曾焕乾生前亲朋好友及后辈近 40 人前往参加。

我应邀在会上致辞：

在纪念建党 95 周年之际，曾焕乾烈士纪念碑今天在其家乡平潭落成。我非常高兴！非常感动！非常感谢！

曾焕乾是福建协和大学以及福州爱国民主学生运动的领袖。在闽浙赣区党委城市工作部召开的具有里程碑意义的龙山会议上评选为英雄。他是一位杰出的革命家，一生坚守信仰，在严峻的考验面前，宁愿献身，保护同志。不论在学校、在福州市、在福长平、在闽北，他走到哪里，都能很快打开工作局面，功绩卓著。我相信，任何人走进平潭采访撰写“最可爱的人”，很自然会首选曾焕乾为主人公。

曾焕乾烈士永远活在我们的心中。

---

* 原刊《英华通讯》2016 年 10 月。

铮铮一铁汉*

——记刘志德烈士

刘志德同志是一位坚强的共产主义战士。他原名蓝成友，少数民族，人们称他老刘。1922年出生于福建宁德三都港口上半村贫农家庭，1941年入伍，1943年加入中国共产党。历任闽北游击队分队长、闽清县委委员等职。1948年4月24日惨遭敌人杀害。

1947年秋天，我于林森、福清交界山头（即福建省委机关所在地带）认识刘志德。后来，他和我一同战斗在闽清（四都）、永泰（盘谷）交界山头（即闽永尤南沙中心县委活动地带）整整四个月。时间很短暂，但却是斗争十分尖锐复杂、紧张艰苦的四个月，是他的共产党员党性经受最严峻考验的四个月，是他可歌可泣英勇斗争的光辉形象在闽清县敌我友三方都留下深刻影响的四个月。

“百般俱备　只欠东风”

1948年8月福建省委会议后，省委决定建立闽永尤南沙中心县委，由闽中地委林汝楠领导，计划开辟闽江以南这几个县为三十路游击战争区域。省委书记曾镜冰亲自部署，由林汝楠率领武工队从

---

* 原刊《福州英烈》1985年第3期。

林森、福清交界处的山头，沿山路步行北上南平活动，沿途进行工作。同时派我到闽清、永泰一带工作，并代表中心县委向城工部抽调籍贯在这一带的党员干部回家乡工作。城工部部长李铁十分支持，陆续抽调一批大学生党员干部，包括刘忠瑶（福建学院）、郑一惠（协和大学）等，回到闽清农村。省委安排我九月到闽清十五都、十四都活动兼统战工作。为响应省委号召开展游击战争，有必要尽快建立山头武装基地。我们知道闽清等县已有革命工作基础，闽永交界山头虽不是人稀林密，却是山高路陡，曾是我党游击队周转点。林汝楠率领的武工队在古田山上伴岭突围后，在永泰盘谷顶山洋的蔡孙琪家养伤时留有短枪等，所以计划先开辟这一带山头为武装据点。但我们是学生党员干部，缺少有武装斗争经验、熟悉群众并在这一带进行过游击战争活动的党员干部。

刘志德是理想人选。11 月下旬，林汝楠在福州和我研究中心县委工作时，我说“百般俱备，只欠东风”，推荐了刘志德，组织很快同意调动。中心县委研究并报曾镜冰等同志批准，建立中共闽清县委，由刘忠瑶（书记）、郑一惠（副书记）、刘志德三人为县委委员，并计划这一带建立游击队伍后，由老刘担任中心县委武装负责人。

开辟山头　建立武装

1947 年 12 月 7 日，我和刘志德到洪山桥，来不及搭船去闽清，他带我到福州西郊将军山庙过夜。管理此庙的庙祝是他的兄长。8 日，我们两人乘船到林森县源口，赶路到山下，时已黄昏，遇到敌便衣队巡逻走下山来。刘志德带路，很自然地从他们面前走上山。我们经小村，绕道白岩山，在山顶岩洞里休息，天破晓时，走到闽清四都麟洞山头革命群众家。我们白天隐蔽家里，夜里出去活动，以刘志德为主，负责闽永山头基地工作。

在麟洞梧桐顶，中心县委召开了两次闽清县委扩大会议。会上传达省委指示，分析闽清斗争形势，准备开展游击战争；决定把青壮年组织起来，进行抗丁抗粮斗争。为此刘志德积极在闽清四都、永泰盘谷山上联系贫雇农群众，发展了不少据点，协助训练闽清党员干部。他介绍多位山上老革命群众入党，开始筹建四都区委、盘谷区委，还向同志们介绍福建游击战争的特点和经验。到1948年3月上旬，中心县委已组织了一支由他率领的武工队，准备开展武装斗争。

老刘深得群众爱戴，他以身作则，生活艰苦朴素，与群众同甘苦，关心群众生活疾苦，为群众服务，与群众关系亲如鱼水。他在山头活动时，约有二个月因大腿淋巴结炎走动困难，虽缺医少药，仍坚持工作。他是工农干部，但和知识分子干部结合得很好，各自发挥优点，互相学习，取长补短。老刘时常把从游击队学来的革命歌曲，特别是他心爱的《国际歌》教同志们唱，向群众进行革命宣传，以提高群众觉悟。

麟洞事件

事件的发生系由于当时发展了成分不纯的土匪郑海，又介绍了张吓章、黄吓八等参加所引起的。最直接的原因还是黄吓八与特务便衣侦探黄祥团相识，两人在私下谈话中，黄吓八泄露了地下党的机密。黄祥团即把得到的消息报告国民党玉文镇镇长池毓芳。池毓芳于1948年4月24日带领国民党自卫队和冬防班30余人秘密抓捕了张吓章和黄吓八，随即通过黄吓八骗出刘志德。刘志德被诱捕后，当场被杀害。接着，又由张吓章、黄吓八带路到麟洞梧桐顶中心县委住处，抓捕了蔡兆源、陈世明、黄嫩嫩、廖怀玉、陈国政等中心县委全部人员，搜走所有文件、材料。这就是“麟洞事件”。

我们在被押送途中，听到敌便衣队员和警察谈论当夜老刘英勇搏斗事迹。老刘是好样的。

革命烈火　愈烧愈旺

与国民党的愿望相反，烈士的头颅不曾使群众畏惧，搜捕不曾使人们灰心，而是燃起更旺的革命烈火。

老刘虽然光荣牺牲了，但他为共产主义事业英勇斗争、奋斗终生的革命精神永远活在人们的心里。被捕的同志们先后关押在福州、闽清五个监狱，老刘的光辉形象是活的革命气节教育，狱中大家时常唱起《国际歌》表示悼念和勉励自己。我一生中每当想起老刘，就增添克服困难和前进的力量。虽然因麟洞事件，中心县委的工作受到很大挫折，可是闽清等地共产党人以刘志德烈士为榜样，很快又投入新的斗争，革命烈火愈烧愈旺，革命力量迅速发展壮大。

刘志德同志永垂不朽！

忆何友礼烈士*

何友礼（1925—1948），福建福州人。英华中学民32级（惊涛级）8位烈士之一。抗战期间该校从福州移到顺昌洋口，他转学到上海圣约翰大学附中，毕业后升入大学。1944年春转学到内迁邵武的协和大学化学系。途经福州时住在台江何厝里革命据点，得到林白（林威廉）的革命启迪。

何友礼

1944年秋，协和大学进步学生组织秘密的马列主义学习小组，他是主要骨干。他引导大家学习《论联合政府》《论解放区战场》等。

何友礼有才华，英语基础好，他认真钻研政治经济学、哲学等名著，曾翻译英国思想家罗素的论著，刊登在《东南日报》第一版上。不久他从化学系转到历史系，以腾出更多时间学习马列主义和深入群众。

何友礼胆大心细，谦虚谨慎，善于利用笔会、墙报等对群众进行宣传教育，发表了《论创造》等多篇评论文章。他组织同学讨论

---

* 原刊于1996年11月《英华英烈》。

“人为什么活着”，高唱“度过冰冷的冬天，春天就要到人间……春天是我们的”，宣讲“在方生未死之际，有意义的生活是促进黑暗势力迅速死亡，让光明力量迅速成长”。他按毛泽东同志“实行和工农民众相结合”的教导，决心奉献自己的青春和一生。

当时协和大学中的福州学生和闽南学生有矛盾，何友礼做了大量工作，促进同学团结。1945 年 10 月，何友礼参与领导民主学生运动，罢课持续 6 天，取得了完全的胜利。

抗日战争胜利后，协和大学迁回福州。1945 年底，何友礼在福州加入中国共产党，并参加省委举办的短训班学习。中共闽江工委成立学生工作委员会，他担任学委委员。学委工作重点是领导协和大学学生运动，在何友礼等人共同努力下，1946 年 2 月建立了协和大学党支部。

同年 3 月，学校复课后，学校党组织和学生自治会组织同学开展要求减免学杂费等群众运动，创立了时事研究会，不定期举办演讲会或座谈会，进行时事宣传。何友礼鼓励进步学生特别是党员学习马列主义，树立辩证唯物主义、历史唯物主义世界观。他亲自手抄、油印陈云的《怎样做一个共产党员》、省委的《论家庭问题》等，供大家传阅学习。1946 年夏，闽江工委在螺洲召开学委扩大会议，何友礼成为第二届学委书记，随后他离开协和大学，脱产在福州负责学生运动。

这一时期，福州市学运此起彼伏，波浪式向前发展。1947 年 1 月，福州市学生声援北平学生抗议美兵奸污女大学生暴行。在闽江工委领导下，何友礼组织所属学校党支部开展活动，组织罢课和示威游行。

1947 年 2 月，中共闽浙赣区委城工部在龙山召开干部扩大会，何友礼和庄征、曾焕乾、何友于四人荣获“英雄”称号。学委响应闽浙赣区党委“城市工作为农村服务”“到农村去开辟游击战争”的口号，许多党员干部踊跃报名参加，由何友礼安排，分赴福清、古田、南安等地与贫雇农相结合。

1947 年 3 月 15 日发生省福中学生因乘汽车被暴徒殴打事件，何友礼组织各校声援省福中的斗争。后来他努力筹款，做了大量宣传组织工作，成立了人民社，他兼任社长，油印《人民》小册子，在群众中开展广泛宣传。

1947 年闽浙赣区党委“八二八”会议后，书记曾镜冰组建闽永尤南沙中心县委，调城工部一些学生党员回乡工作，何友礼积极动员调配。不久他同城工部部长李铁一起调区党委机关搞宣传工作，任宣传部秘书。1948 年 4 月，因城工部事件殉难于建阳大砍乡岩溪村，年仅 23 岁。

忆何友于烈士*

何友于

何友于（1927—1948），福建福州人，出生于海关职员家庭。家中兄弟5人，何友于最幼。童年随父在外地生活。1940年在厦门英华中学读书，1944年春返回福州。时中共地下党员林白在他家养病，在林白的启迪下，何友于开始参加地下革命活动。同年秋，何友于同林白等移住南平，不久又转学建瓯中学读高中。在校期间，他秘密阅读进步书刊，得到进步老师的帮助与鼓励，觉悟迅速提高，后经林白介绍加入中国共产党。

1945年10月，何友于受党派遣，以升学名义，来到内迁邵武的福建协和大学，准备建立协大党支部。这时协大正准备迁回福州，何友于只好先在学生中做宣传发动工作，传播革命思想，为协大建立党组织作准备。

1945年12月，中共闽江工委学生委员会成立，何友于任学委组

---

* 本文由陈世明、郑则善共同撰写。原刊《福州革命烈士传略》（海风出版社，1995）。

织委员。何友于等在协大马列主义学习小组和个别地下党员活动的基础上，进一步发动学生，组织读书会，从中发展了一批党员。1946 年 2 月，终于成立了协大党支部。这期间，何友于还精心指导英华中学、三一中学、福建音乐专科学校等几所大中学校的学生运动。

地下斗争的锻炼和实践，使何友于愈加沉着老练。他要求同志们严格遵守地下工作的原则和纪律，随时准备为革命献身。他注重党的宣传工作，亲自抓“青岛文艺丛刊”的创办，并以“诸葛棘”的笔名撰文登载。他执行党的指示一贯坚决果断。1946 年春，中共华中局通知福建省委派员协助建立福建民盟组织，何友于、黄猷奉闽江工委李铁的指示，迅速与周问苍取得联系，等候来闽筹建福建民盟的何公敢。谁知，何公敢刚抵达福州，便被严灵峰“保护”在乌山图书馆。尽管当时情势不利于工作的开展，何友于、黄猷仍然想方设法印制 1000 余份民盟纲领，体现了中国共产党对民主党派的支持。

1946 年 4 月，中共闽江工委为进一步贯彻省委提出的“巩固组织，工作实在”的方针，布置了筹款百万、开辟 15 个县的地下工作任务。会上，何友于提任为闽江工委委员。会议结束后，他立即动员堂妹何友芬将平日积蓄交给党组织，并嘱咐她以福州民间“标会”的方式，为党组织筹集经费。同时，他还要求市区各校党组织积极做向外县发展党员的工作。在他的指导下，学委下属的厦门党组织得以建立。他还发展一批党员到台湾开展工作。“沈崇事件”发生后，他奔波于各大中学校，发动学生，配合全国学运。

1947 年 2 月，中共闽浙赣区委城工部在林森县桐口乡龙山村召开会议，确定城市工作的新方针，提出“发动游击战争，开辟第二战场”等任务。会上，何友于荣获英雄称号，并被任命为闽浙赣地下军闽东纵队司令员兼政委。随后，他参与领导了省福中学生的抗暴斗争以及“布变”等活动。1947年8月，由于“布变”内情被敌人侦悉，孟起夫妇被捕，由此导致有的同志被内部猜疑甚至（如庄征）被错杀。何友于为此苦闷、难过，但他仍一如既往地为党工作。

1947年秋，省委再次号召党员、进步学生到游击区开展工作。当时何友于的母亲希望他回上海继续读书，他说服母亲，毅然奔赴地处闽西北的泰宁县。来到泰宁后，他依靠当地群众，着力在小学教员及一部分学生中进行宣传发动。先是发展10多名党员，指导成立了中共泰宁县委，后与县委的其他领导同志研究如何在农村中扩大建立基层党组织以及夺取敌人武装、壮大游击队伍等问题。这期间，他克服了水土不服引起的疟疾与疥疮等痛苦，一心扑在工作上，足迹遍及闽西北。

1948年初，何友于回到福州；不久，又带领一批学生党员到闽西北。同年四五月间，他来到顺昌县洋口一带检查工作，肯定了洋口党支部组织贫农团和开展合法生存斗争的做法，认为这一做法符合省委“八二八”会议精神，并对工作提出三点要求：一是要在贫农团中建党；二是要弄枪，建立武装；三是不断地在斗争中壮大自己。他还乐观地对党支部领导吴东烈说：“现在形势很好，要积极做好各方面的工作，迎接解放。具体如何搞法，待我这次上山回来后再研究决定。”岂料这是何友于生前最后一次布置工作。上山不久，他便因城工部事件被错杀，时年21岁。新中国成立后，党和政府追认他为革命烈士。

特殊材料制成的人*

——忆陈盛骙烈士

陈盛骙，化名陈福元，祖籍福建闽侯，1926年8月出生。1945年至1947年就读于福建协和大学化学系。1946年加入中国共产党。曾任中共协大支部（第三）书记、古田县委副书记、古罗林中心县委副书记等。1947年12月牺牲。

陈盛骙

一

陈盛骙出身于天津海关职员家庭，父亲陈寿丹是爱国进步人士，母亲施耿玲是画家。陈盛骙自幼随父母辗转上海、杭州等口岸，十二三岁就独立生活，吃苦耐劳，生活较俭朴。1943年夏从上海私立圣约翰大学附属高中部毕业，9月入圣约翰大学化学系。

抗日战争时期，陈盛骙在抗日烽火和进步同学的政治影响下，逐渐倾向革命，常与至交好友议论国家大事，对国民党消极抗战、积极反共的政策十分不满。1943年下半年，他参加上海圣约翰大学

* 本文由叶宜庚、陈世明、林建中共同撰写。原刊《先驱者的足迹》（福建师范大学编印，1991）

中共地下党领导的秘密读书会，学习马列著作，进一步认识到中国共产党才是中华民族的救星，八路军、新四军才是抗日战争的中坚力量。

1945年2月，陈盛骙辍学回杭州家中，其时同地下党员有联系。他不顾个人安危，全力掩护和帮助一位姓杨的地下党员和进步同学撤离杭州，转移到浙江四明山区新四军的抗日根据地。陈盛骙的行动引起日本特务注意，地下党建议他转移到其他地方隐蔽起来。5月，陈盛骙转学内迁邵武的福建协和大学化学系二年级，一到学校马上投入进步学生运动。1946年6月，经陈世明介绍加入中国共产党，与林建中、叶宜耕编为一个党小组，任党小组长。同年夏，闽江工委螺洲会议后任协大支部（第三）书记，介绍黄小石（慧明）入党，并建立一个直属闽江工委学委领导的英华中学党小组。他为人谦虚谨慎，沉着老练，密切联系群众，学业上非常努力，对革命理论更是刻苦钻研。他在参加和领导学生运动工作中群众观念较强，作风踏实深入，认真执行民主集中制，及时召集支部会议或个别碰头，研究群众的思想动向，收集研究敌情，讨论布置工作，特别强调党员要做好周围群众的工作，带动同学看进步墙报，参加控诉日、美帝国主义侵华罪行会议，帮助同学提高思想觉悟。

1946年12月24日的“沈崇事件”传到协大，师生职工群情激昂，愤怒声讨美帝国主义者的侵略罪行。在学委领导下，陈盛骙立即布置写标语，准备举行罢课抗议示威。通宵工作之后，26日拂晓召开党支部会研究决定：一，上午上课钟打响之前，陈盛骙去农学院教学楼、叶宜耕去理学院教学楼，请进步同学黄裕义去文学院教学楼做宣传工作，争取学生参加罢课示威；二，林建中、叶宜耕到校门传达室与职工商讨如何确保师生抗议示威活动的安全；三，叶宜耕、林建中代表同学慰问食堂职工，向坚守工作岗位、有强烈爱国主义精神的工友致敬。由于陈盛骙考虑周到，罢课斗争进行顺利，全校学生都参加了罢课示威，工友们也积极支持，切实保障了饭菜、开水的供应。通过这次学生运动，师生职工受到了生动的爱国主义教育，同时显示出同仇敌忾的巨大力量。

二

1947年1月，协大党组织响应中共福建省委城工部号召，发动党员上山打游击，党员纷纷报名，11人去农村工作。在陈盛骙的带头下，第一批向组织提出申请的有党支部书记陈盛骙及林建中、叶宜耕、林吉安4人。批准后，陈盛骙率林建中、叶宜耕第一批出发，奔赴古田。他给父亲写了唯一的也是最后的一封信："我要离开福建协和大学，到别的地方工作，为了国家未来而工作，以后会写信给你们，你们不必来信了。"

陈盛骙在古田大东区开展活动，任中共古田县委副书记。1947年2月初，由林建中的叔父贫农林兆勇带路步行80余里，到隆德洋村找县委书记李继藩汇报，建议重点抓大东区，集中力量突破，其次抓城关南北区和小东区。李继藩同意并责成陈盛骙在鹤塘乡南阳村党员彭启镇家设立县委临时机关并领导大东区工作。陈盛骙做地下工作既大胆又慎重，善于搞隐蔽斗争。大东区中心鹤塘乡有反动乡公所和警察所，武装力量较强。但敌人万万没料到，4里外的南阳村就有中共古田县委的临时机关。陈盛骙派彭启镇利用曾参加警官训练班的身份，与警察所人员接触，了解情况，探听敌情。获悉敌人要围剿游击队，急需运出大东区军粮，陈盛骙派党员林建宇、江鸿等做运粮农民工作，中途把部分粮食转移、隐蔽起来。获悉敌人要"抓从福州来的四个搞异党活动的大学生"，他们很快就转移驻地。个别党员擅自编印传单在鹤塘街散发，陈盛骙立即严厉批评：

"这是不讲地下党隐蔽斗争的策略，这种蛮干的做沄在客观上起到给敌人报警的作用!"并马上通知一些党员转移，不久敌人就在鹤塘乡抓人。经3个多月深入细致的发动，大东区建立5个党支部，培养发展107名党员，许多新党员经过群众工作锻炼成长，深入开展革命活动。

三

1947年4至5月，陈盛骙在卓洋乡发动和指挥农民武装起义，成立古田县游击队。在邹岭乡岭里村发动农民武装暴动，夺取14支步枪和一批手榴弹、子弹及军号、大刀，打开岭里村仓库，将3.5万斤粮食分给群众，部分支援康金树大队长带领的游击队。暴动群众32人上山打游击，成立古田人民游击队。6月上旬，两支游击队会合，福建省委常委、军事部长阮英平到队，决定城工部古田县委组建成古罗林中心县委，两支游击队合编成立古罗林人民游击大队，李继藩任政委，叶宜耕、林建中具体负责游击队工作，陈盛骙任中心县委副书记，并协助抓合编和部队建设。他深入班排和现场，以士兵身份参加各项活动，听取干部战士意见，给部队上课，使部队工作走上正轨。

在罗源长柄丘战斗中，陈盛骙临危不惧，指挥一个班占领山头，阻击敌省保安部队一个中队，掩护游击大队撤退。不久，陈盛骙调中共闽东地委机关任地委委员，接受阮英平直接领导。他出色完成交办的任务，受到阮英平和闽东地委书记江作宇的好评。

1947年12月中旬，国民党省保安部队在宁德疯狂围剿游击队，跟踪搜剿阮英平和闽东地委机关。一个寒冷的风雨之夜，阮英平和机关干部战士共6人住在宁德霍童乡前圪楼村一幢独栋房屋中，被敌保安队包围。黎明前发现敌情，陈盛骙和大队长阙东生持驳壳枪拉开大门，边射击边冲锋，阙东生牺牲，陈盛骙负伤仍坚持战斗，掩护阮英平等从后门突围。

敌人撤走后，同志们回到现场，看到陈盛骙死在射击位置上，身边留下十多发弹壳，身中数弹，头颅被砍下挂在树上，当时掩埋烈士的同志和住地群众无不掉泪。陈盛骙烈士永生！

忆林吉安烈士*

林吉安

林吉安（1925—1948），福建福州人，1925年出生于贫农家庭，兄弟姐妹六人，他居第二。在当小职员的父亲的支持下，林吉安得以上小学、中学。贫困的家境，养成他吃苦耐劳的品性。

1943年初，林吉安已是英华中学高中三年级的学生，在进步教师的影响下，他开始萌发反帝反封建的意识。同年秋，林吉安考入福建协和大学化学系，在该校马列主义学习小组引导下，他参加了围绕高尔基、屠格涅夫、鲁迅等文学作品而展开的关于当代青年人生观的讨论。他联系社会现实，大胆抨击国民党当局的黑暗统治和法西斯教育在学校中造成的危害。他对同学们说："过去我的志愿是学好化学，想以科学救国，现在觉得如果埋头读书，不关心国家大事，这个国家就会灭亡。"1945年10月，他积极参加了因学校女生会客室被校方无理取缔而进行的罢课活动。

1945年秋，协大迁返福州，林吉安参加了以英华中学校友为主

* 本文由陈世明、郑则善共同撰写。原刊1996年11月《英华英烈》。

的读书会，通过阅读进步书刊，他的思想认识开始产生飞跃。这一时期，他加入了地下党支部创办的时事研究会，并常常向同学们介绍一些进步书刊。

1946年夏，中国基督教青年会福州分会在鼓山举行夏令营，林吉安到会后，串联进步同学，结合社会现实，揭露国民党当局的腐败和罪恶，并借用基督教教义中的“博爱”观念，鼓动同学们团结起来，爱祖国，爱人民，推翻黑暗统治。他的举动得到与会同学的响应。

这一时期，林吉安已将主要精力放在地下活动方面。他想方设法从亲戚处腾出一间旧房给中共闽江工委学委书记何友礼居住。当他看到陈世明的穿着不够“气派”时，主动将自己的哔叽呢夹克送给他，为陈世明增添“保护色”。他牢记地下党组织给他指出的优缺点，不断追求进步，在党的教育和爱国民主运动的实践中，林吉安的阶级觉悟大有提高。1946年12月，他加入了中国共产党。不久，即任协大校内一个党支部的组织委员，继续在同学中传播革命思想，扩散进步刊物，着重在青年会中争取进步力量，为地下党组织掌握学校自治会领导权做了大量工作。

随着全国解放战争形势的发展，协大一批知识分子党员响应中共闽浙赣区党委的“城市工作为农村服务，为游击战争服务”的号召，先后向党组织提出，要求到农村去接受考验与锻炼。1947年3月底，林吉安瞒着家庭，征得党组织同意，赴古田隆德洋村，不久，担任中共古田县委委员，参与领导县革命斗争。

1947年4月，时逢春荒，国民党县政府却将稻谷以高价卖给商人，激起农民愤恨。县委因势利导，于5月初在邹岭乡岭里村发动群众，举行暴动，破仓分粮，震惊了古田县当局。“岭里暴动”之后，林吉安随古罗林人民游击大队开展武装斗争。

1947年6月初，林吉安任中共古罗林中心县委委员。这期间，游击武装力量得到壮大，各乡党员人数不断增加。为了提高部队战斗力，加强对党员的管理教育，中心县委成立了党员干部工作队，林吉安兼任副队长。他作风扎实，克服环境生疏的困难，做细致的群众工作。他还在游击队员中表扬好人好事，大胆批评不良倾向。为了培养游击队员的革命英雄主义精神，他常利用各种集会进行革命乐观主义的宣传鼓动。同时，他以身作则，在行军中帮助病弱同志背枪支弹药等。在他的努力下，队伍中的士气始终很高涨。

古罗林一带革命斗争的蓬勃开展，引起敌人恐慌，国民党福建省保安第四团以一个大队兵力向大田方向集结。中心县委决定兵分两路，避敌锋芒。林吉安奉命转移至宁德桃坑、华镜、九都、扶摇一带，负责恢复地方党组织及发展武装力量。经过艰苦的努力，恢复了桃坑、华镜等 20 余个乡村的党支部，党员队伍得到发展，乡、村农会相继成立，农民抗债、减租减息斗争此起彼伏。

1947 年 8 月，林吉安升任中共宁德县委书记。10 月，国民党福建省保安第五团进驻宁德，企图“围剿”桃花溪革命根据地，形势突变。1948 年 2 月，中共闽东地委书记阮英平赴省委请示工作，行前交代地、县委要培训一批农村武装骨干。于是，林吉安协助地委副书记阮伯淇，抽调 20 余名地方干部和游击队员，集中宁德营州坑头山的树林中，搭起草棚，开办培训班。正当林吉安埋头为党工作时，不幸福建党内发生城工部事件，同年 5 月，林吉安在南古瓯省委机关罹难，时年 23 岁。

风范长存励后人*

——忆刘忠瑶烈士

刘忠瑶

值此纪念新中国成立60周年，深入开展群众性爱国主义教育之时，忆往事，思战友，祭先烈，我倍加思念亲密战友刘忠瑶烈士。刘忠瑶从知识青年到革命烈士，他铁骨铮铮，赤胆忠心，一心为党为人民，赴汤蹈火，无惧无畏。他一生的道路和精神风范给人们以启迪和鼓励。

首先，刘忠瑶有坚定的理想信念。其堂兄刘俊毅参加红军长征到陕北的事迹，在他幼小心灵上播下革命的种子。他勤奋学习，求索真理，追寻“五四”精神。在家里他自己并带动侄儿刘希明坚决抵制封建包办婚姻，并以“妇女求解放”引导妹妹刘珍娇积极向上，成长成才，促进全家进步。在学校，胸怀“天下兴亡，匹夫有责”精神，忧国忧民，痛恨独裁、贪官污吏、土豪劣绅，积极传播进步思想，热心参加抗日救亡活动。总之，刘忠瑶是位理想主义者，朝气蓬勃，身体力行。在福建学院读书时，刘忠瑶由林克俊（闽侯县委委员）介绍加入共产党，以保尔·柯察金为榜样，举起火炬，奔向

* 原刊《福州党史》2009年第2期。

革命。

第二，刘忠瑶有人格魅力。他始终热爱党和人民的事业，为人忠诚老实，仗义执言，严守纪律，无私奉献，“常思奋不顾身以殉国家之急”。他在爱国民主学生运动中，经受了考验。经林汝楠（闽中地委委员兼中心县委书记）等亲自考察，认为他党性强又是闽清籍干部，报请闽浙赣省委书记曾镜冰批准，由党小组长破格提拔为闽清县委书记，同时任命郑一惠（副书记）、刘志德为县委委员。他组织观念强，放弃只差一年就大学毕业的机会，自觉响应省委关于“开展三十路游击战争”的号召，离校回乡到闽清六都，以毓真小学教导主任为掩护，秘密开展革命活动，并把闽清县委机关设在六都自己家里。他立场坚定，勇于负责，大胆推荐蔡兆源入党入伍，以增强革命力量。

第三，刘忠瑶有优良务实的作风。学风上他善于理论联系实际，应用到革命实践，磨炼自己。1947 年寒假，他和郑一惠到闽清后，就马不停蹄地组织学习毛泽东的《目前形势和我们的任务》，雷厉风行地贯彻省委指示，依靠贫雇农，扩党练干，组织抗丁抗粮，工作作风深入扎实。短短时间，他从六都走遍十五都、二都、县城、白洋等地，先后介绍刘希明、黄世杰、吴大挺等入党。刘忠瑶领导二都人民抗丁斗争，取得胜利，又大力支援中心县委在闽清、永泰交界山区活动。总之，刘忠瑶初步打开了闽清工作局面。

1948 年 4 月麟洞事件突然发生的危急时刻，刘忠瑶镇定指挥，沉着果断，安排妥善，保护同志脱险，行动快捷。最后与郑一惠连夜由三都抄小路赴南平夏道附近，找林汝楠汇报……同年 4 月，不幸因城工部事件殉难，直至 1956 年平反，追认为革命烈士。

爱因斯坦在为玛丽·居里撰写的悼词中说：“杰出人物的道德品质可能比纯粹理智的成果对一个世代以及整个历史进程所具有的意义要巨大。”上述刘忠瑶坚定的理想信念、人格魅力和优良作风，正充分显示了他的美德和气节，忧国忧民，有良知、有道德、有勇气的品质和精神价值。斯人已归去，精神依旧照神州。

刘忠瑶的豪情正气、革命精神、革命风范永世长存，激励启迪后人，奋发图强，为实现中华民族的伟大复兴，为实现“英特耐雄纳尔”而奋斗。

安息吧！我们学习你的革命风范，定把革命火炬传下去！

记蔡兆源烈士[*]

蔡兆源烈士，福建省闽清县城关人。1947年底加入中国共产党，1948年4月，在“麟洞事件”中被敌抓捕，同年12月牺牲于南京雨花台。

蔡兆源

蔡兆源1926年6月出生于贫民家庭，母亲早逝，幼年与父亲、姐姐相依为命。他性格倔强，学习用功，在城关龙江小学读书时，常以写得一手好文章得到老师称赞。1939年秋，小学毕业后，考入私立闽清县天儒初级中学，该校系教会所办。一次，在祈祷时，他将一张写着“请求救世主立即命令日本鬼子退回三岛”的纸条递给同学传阅，表达了对敌入侵的激愤之情。他与进步同学林克俊、黄广天交往甚密，在他们的影响下，蔡兆源开始接受新事物。次年1月，当汉奸汪精卫在南京建立伪政权时，蔡兆源以愤怒的心情写了一篇《祭汪逆精怪》在级刊上发表，文中写道：“谨以秦廷之匕、博浪之椎而致祭于汪逆

---

* 本文由陈世明、张景元、郑策共同撰写。原刊1993年2月《福州英烈》（7）。

精怪将死之灵”。文章还说，汪精卫表面上装的是“百粤清门、岭南词客”，实则是“苍髯老贼、东洋走狗”，有如“宋的刘豫、张邦昌、秦桧，明末的吴三桂、洪承畴”，“将死得轻如鸿毛，遗臭万年”。这篇措辞激烈的讨汪檄文，在同学中引起强烈反响。从此以后，他对时弊的憎恨愈加激烈。1940 年夏天，中共闽江特委书记李铁来到天儒中学以教员身份开展地下革命斗争，蔡兆源积极参加地下党员组织的读书会和演剧活动，进一步受到抗日救亡运动的教育。

1942 年 6 月，蔡兆源从天儒中学毕业。秋天，考入内迁闽清县十六都的福建学院附中高中部。此时，林克俊也在该校求学。在他的介绍下，蔡兆源阅读了高尔基、托尔斯泰、鲁迅、茅盾等人的文学作品以及《大众哲学》等进步书刊，开始萌发追求真理的愿望。同时，他更加不满社会现实。每当看到闽清境内涌进大量难民及其惨状时，蔡兆源十分难过。一些贪官污吏恣意利用国难发财，蔡兆源住处附近的“泰山庙”镇公所，屡屡出现贩卖壮丁的现象。蔡兆源目睹此现状，愤愤不平地写道：“我们那些执干戈而卫社稷的英雄，却被一群群凶神恶煞的所丁五花大绑，一串串抓进来、押出去。抓进来时是彪形大汉，押出去时瘦骨伶仃，有几个活到战场，鬼才晓得，那些黑了良心的人，靠贩卖壮丁发财，这世道难道不要推翻?”

1944 年夏天，中美合作所东南特种技术训练班打着抗日的幌子，在报纸上刊登招生启事。蔡兆源闻讯喜出望外，前往报考。这是东南班的第二期招生，蔡兆源被录取后，编入该期第一大队第三中队综合队（又称“台湾工作训练队”，简称“台训队”）。入学不久，他看清这所设在福建建瓯东峰的训练班原来是国民党军统头子戴笠一手控制的、国民党政府与美国人联合举办的、旨在训练反共反人民的特工人员的训练基地。蔡兆源内心十分悔恨，但又身不由己。两年之后，他被迫随东南班部分人员调赴台湾，在某工厂当了监工。赴台不久，他遇到了旧日同学李淑琼，李淑琼在天儒中学时曾与蔡兆源一起参加抗日救亡运动。在与李淑琼接触中，蔡兆源深感如此下去不是前途所在，产生返回大陆的念头。1947 年 10 月左右，他终于摆脱了种种控制，只身回到闽清，经由刘忠瑶的推荐及曾在天儒中学任教的李铁证明，均认为蔡兆源本质尚好，在东南班系一般学员，现主动要求革命，可予考虑接收，并在实践中加以考察。随后，陈世明多次找蔡兆源谈话，了解其思想动态，帮助端正入伍动机。蔡兆源深受感动，表示了坚决革命的决心和热忱。

1947 年 11 月，中共福建省委发出“关于发动三十路游击运动”的指示。中共闽清县委号召青年学生回乡发动群众，参加游击战争。这时，蔡兆源回到县城城关一带，从事地下革命活动。一个月后，他向党组织要求上山打游击。党组织批准了他的要求，安排他与刘志德到闽（清）永（泰）交界处的山头开展游击活动。刘志德有丰富的对敌斗争经验，蔡兆源很尊重他，两人密切配合，经常深入贫苦群众，进行宣传工作。山头环境恶劣，蔡兆源不叫苦不叫累。当时个别同志违反了群众纪律，他坚决支持刘志德，同违纪的同志展开说理斗争，得到刘志德的称赞。在刘志德患病期间，蔡兆源协助陈世明去永泰组织武工队，并到闽清一都发展党员。回来后不久，蔡兆源又随县委机关转移到麟洞一带山头，参加发动农民抗丁抗粮，组织群众诉苦以及开展土地改革的宣传教育等工作。在上述活动中，他始终表现得积极热情。年底，经刘忠瑶介绍，蔡兆源光荣地加入了中国共产党，决心为人民的解放事业贡献自己的一切。此后，又受命担任中共一都区工委负责人。

1948 年 4 月 24 日晚，中共闽永尤南沙中心县委在麟洞梧桐顶开会，因叛徒出卖，刘志德被诱捕杀害，蔡兆源与陈世明、廖怀玉等七位与会同志被抓捕。18 日押往闽清县城监狱。狱中同志们高唱《国际歌》《你是灯塔》等革命歌曲，使群众深受感动。入狱之初，蔡兆源想利用自己曾进东南班这段历史骗敌出狱。在陈世明等人的启发帮助下，他很快意识到这一假自首做法不可取，有辱共产党员的气节，由此抱定“要当龙，不做虫”，既然入狱，就要有准备受刑、牺牲的决心。这时，他的父亲也被抓捕。老人家对儿子的安危十分担心，而蔡兆源淡然处之。他向父亲揭露国民党当局的许多罪恶行径，介绍身边共产党人的斗争事迹，使他父亲受到了教育。30日，蔡兆源等人被转押到福州的福建省保安司令部监狱。经历了闽清监狱的斗争，蔡兆源长了许多见识，到福州后，他以刘志德为榜样，与其他同志编串假口供，使敌人无可奈何。敌人知道蔡兆源曾经参加东南班后，便单独提审他。蔡兆源此时已毫不畏惧，他坦言参加东南班的历史，而对党的机密则守口如瓶，恼怒的敌人将蔡兆源单独移押南京。去后不久，他向其父来过一信，言道：“父亲，您不要为我的生死悲哀，也请同志们放心，我绝不会从狗洞中爬出去。”从此杳无音讯。解放后获悉，蔡兆源于1948年12月15日被杀害于南京雨花台，时年22岁。

蔡兆源烈士一生短暂，虽曾一度误入歧途，但能明辨是非，尤以赴难前掷地有声之言，表明了他献身党的事业与真理的决心，值得后辈敬仰与怀念。

回忆真树华同志*

真树华

真树华是我英华中学的同班同学，后来又是战友，但相处时间不长。不论他是学生或党的地下工作者，都给我留下深刻印象。

他于1942年转学到顺昌县洋口英华中学，插入我们班读高三。师生们都知道真树华转学前因参与进步活动被捕过，很自然，他的一举一动、一言一行都很受人注目。我记得他书桌上曾写有"甘当孺子牛，向无名英雄学习"等座右铭。总之，真树华在我心中是一位多才多艺、能言善辩的学生，是一位值得学习的新青年。

1947年2月闽浙赣区党委城工部在林森县龙山召开干部会议，会上强调城市工作为农村服务，抽调大批干部到农村去。真树华是作为城工部所属市委系统与孙道华等一道参加的。他在会上教唱《你是灯塔》，这首歌通过福州地下渠道，传遍了全市大中学校。会后真树华接受任务，去闽北开辟地下党工作，我和他就再没有见面了。

新中国成立后我才得知他已于1948年春因城工部事件而蒙冤牺牲，年仅25岁。英才早逝，不胜痛惜，缀此数语，以示悼念。

---

* 原刊《真树华烈士纪念文集》（浦城，1996）。

忆中共闽浙赣省委政治交通员张章淦（小潘）烈士*

我是1947年5月上山在省委机关工作，同年9月离开，到闽清开辟新区。与小潘一起工作数月，他给我留下深刻印象。小潘是闽侯县南通人，高中生，当时是省委政治交通员。他艰苦朴素，老实肯干，农村群众工作经验丰富，联系面广，与各地区的领导都熟悉有联系，待人诚恳，是我可以高度信任的好战友。

张章淦（小潘）

1947年5月，福清东张镇灵石山武装据点和6个战友被敌“围剿”，形势紧张严峻。此时正筹备“左黄会师”，中洲水警队陈统安起义后带出来武器已运到山上，省委书记曾镜冰和军事部长阮英平想把游击队扩充为主力。我到福州城边槽省委联络站，由政治交通员陈德义带我从白湖亭乘轮船到尚干，在相思岭附近山边小村等候，傍晚小潘护送曾镜冰和阮英平乘船到达。晚上曾镜冰安排小潘向村中群众讲革命形势，小潘用通俗易懂、生动活泼的当地语言来宣传，农民都爱听。当晚小潘带我们上山，在

* 本文写于2013年9月。

南阳顶伍俤家中吃些番薯，稍事休息后继续走到附近一个大岩洞（可容纳几十人）。天快亮时，曾镜冰派饶云山（永泰县委书记）和我一起经西台去灵石山寻找留守的6个人，拟加入游击队主力，由于他们已离开去福州，我又返回岩洞，留在省委机关工作。

在山上，省委候补委员刘润世安排我和小潘在机关周围闽侯尚干、青口、南通一带山村做群众工作，我们白天隐蔽，晚上活动。随身带竹竿，穿草鞋，走小路，涉小溪水。小潘是本地人，熟悉当地群众情况，经验丰富，使我受益很多。

当时省委机关生活异常艰苦，我和小潘住的是用树枝和茅草搭的棚子，夜里常常受蚊虫叮咬，主食是大米，有时吃些大豆及野金针、野百合等野菜。那年七一，我们破例吃了一餐猪肉和野菜，我们称之为“革命菜”。

长期以来，苏华安排小潘到福州城边槽，定期送钱物接济刘润世的妻子，以示组织关爱。1947年6月，我接替小潘做此项工作。

1947年7月省委宣布成立林（森）福（清）永（泰）县工委，小潘任书记，我任副书记。1947年9月，小潘带我下山到南通工作。半路上我口渴喝山泉水导致拉肚子，小潘一边照顾我，一边讲述了许多对敌斗争故事和农村工作经验。他对我说：“福建九年游击战争，没有一个人被老虎吃掉。遇上老虎不用怕，但不能跑，要慢慢后退，转弯避去。不过游击队被蛇咬倒好几位，咬死一个人。”他教我如何防蛇咬，一旦被蛇咬如何自救等经验。到南通后，我住在廷宅村新厝小潘堂叔家，他们待我很好。记得小潘堂叔告诉我，小潘胆小，以前夜里走出屋外几十步大小便都不敢，奇怪的是参加革命后没几个月，一个人在高山峻岭间行走，没带枪、没带任何武器可啥也不怕，真是理想出勇敢；小潘原先书生气很足，不会干农活，不敢光脚板走石板路，现在都穿草鞋走山路，前后判若两人，革命大熔炉铸就革命者。

不久国民党突然增派近百人驻在南通街，我回省委机关汇报，由小潘堂叔护送我到瓜山，再由小潘姑姑张玉英带我去古屿南阳，再转到南阳顶伍俤家，然后我自己回到附近省委机关。

1948年小潘不幸蒙冤遇难，年仅27岁，至今已65年了，一些平凡小事仍历历在目，从中可见一个平凡的革命者为革命鞠躬尽瘁的高尚情操，是值得我们学习的。谨以此文纪念我的亲密战友。

信念的力量

——忆小潘烈士

2021 年 2 月 28 日，我由儿子陈宁陪同，去参观闽浙赣省委太平山联络总站展览。那里展出许多我的领导及战友的事迹，我颇有感触，深受教育。

记得 1947 年 5 月底，省委委员苏华安排交通员陈德义带我从白湖亭乘轮船到尚干乡附近山边小村等候。小潘（即张章淦）带省委书记曾镜冰、军事部长阮英平乘船到达后，我们夜里一同上山，到南阳顶大岩洞与省委机关同志会合。我留在机关工作有四个多月。从此，我和小潘经常一起在省委机关附近，即闽侯、福清、永泰交界的农村从事群众工作。因工作配合默契，取得一定成绩，在省委机关受到表扬。往事如烟，但记忆犹新。

小潘是省委政治交通员，传递情报，护送领导，责任大，任务重。他不怕艰险，机智灵活，服从组织，百折不挠地完成党的任务。

小潘是南港人（今闽侯县南通镇），出生在贫农家庭，熟悉本地情况，善于做群众工作，经验丰富。他的热心指导，使我受益匪浅。记得他讲到福建九年对敌斗争中，同志们在深山峻岭活动，常遇猛兽出没，但没有一个被咬。万一遇上老虎不要跑，要慢慢后退，转弯避去。有位同志不幸被蛇咬了，中毒而逝，他又教我一旦被蛇咬了如何自救等经验。小潘就是这样耐心细致地关心同志。

当年7月我从省委机关下山，住在廷宅村新厝小潘堂叔家里，大约一周。他们每天吃的是地瓜米稀粥，怕我吃不习惯，坚持让我每餐吃干的。老区人民的朴挚感情，我一直感恩在心。他堂叔还对我说，小潘原来胆小，夜里到屋外上厕所都害怕，想不到参加革命后，居然独自一人不带枪，也没带其他武器，在群山间走动，啥也不怕，判若两人。真是信念出勇敢、出奇迹，革命大熔炉让小潘从一个中学生成长为革命者。

小潘在家乡的亲属中有威信，有号召力。我回南阳顶省委机关驻地时，小潘派人护送我到瓜山村，住在小潘的姑姑家里。那天晚上，小潘姑姑和我讲了很多关于小潘引领亲属，冒险运送粮食武器，支持革命的故事。其中讲到小潘回家乡后不久就引导姑姑参加革命。姑姑家背靠大帽山南阳顶，离省委机关驻地约半天路程，于是便在她家设立隐蔽交通据点，接待来往的同志。第二天小潘姑姑送我进山。

1948年6月小潘因城工部事件不幸蒙冤遇难，时年27岁。他用生命践行信仰，为革命献出一切。

想不到2014年9月，和小潘分别67年后，我和老伴有幸去看望小潘的姐姐、百岁老人张开雪。当年老大姐是革命接头户，为革命斗争做了许多工作。谈起当年为什么要参加革命时，老大姐说：“当年家里穷，有锅没米煮，国民党还到处抓人。惨啊！就这样我和丈夫跟随弟弟参加革命去了。”接着老大姐拿出“革命五老证”，里面夹着一张她于1943年10月在长汀给小潘汇款的存根。一张不及方寸的汇款单，凝聚着老人对小潘的深切思念。

今年（2021年）是建党100周年，回望小潘烈士的一片丹心、坚守信念，在新时代的长征路上仍然激励着我们奋进！

重访革命旧址　读《悲歌往事》*

今天是刘忠瑶烈士九十周年诞辰，重访刘忠瑶旧居，门前已立“中共闽清县委机关驻地旧址”纪念碑，参观红色展览，读到刘亚琴编著的《悲歌往事》，再一次回忆开展游击战争的峥嵘岁月，心潮澎湃，百感交集。

书中讲述了刘忠瑶为书记的县委革命事迹及许多人和事。县委机关当时就设在六都刘忠瑶家里，六都这块红土地是闽清革命的缩影，有许多鲜活故事。67 年前（1947 年），就在这故居右厢房，我和刘忠瑶同吃、同睡、同工作。他把哔叽呢大衣送给我穿，便于我在闽清平原开展工作。我把丝棉大衣送给刘志德，刘志德牺牲时还穿着。六都也是黄世杰等后来者继续活动的重要地方。

《悲歌往事》这本书披露了一些鲜为人知的细节。其中刘孟群写的《短暂一生　光辉历程》，记述了几位烈士的父母得知儿子牺牲后心灵的震撼，凄婉感人。

刘忠瑶是团结实干的闽清县委的好班长，才短短几个月，他们就在闽清发展建立了四个区委、二个直属党支部和一个直属党小组。他们发动群众、带领群众，开展一系列斗争，使闽清革命形势有新

* 本文写于 2014 年 11 月 23 日。

的发展，大大唤起闽清人民群众的觉醒。

刘忠瑶、郑一惠、刘志德这三位县委委员个个是烈士、是英雄，一片丹心为人民，令人敬仰。“麟洞事件”发生后才三四个月，革命火种再次点燃。黄世杰等高举红旗，创建并带领游击队配合解放军先头部队，于1949年8月1日夺取清溪阻击战的重大胜利。

《悲歌往事》字里行间洋溢着烈士精神，反映了他们对党和人民的热爱和忠诚。今天，我们缅怀追思，务必继承烈士遗志，贡献正能量，共圆中华梦！

中共闽浙赣区党委城市工作部烈士牺牲七十周年纪念*

各位战友、同志们：

今年我94岁，是闽浙赣区党委城市工作部历史的见证者、亲历者。今天我有幸参加烈士牺牲70周年祭扫活动，烈士的音容、风范、事迹又浮现在眼前，心潮澎湃，感慨万千。

城工部烈士共100多人，在这里长眠的有88位。他们为推翻压在人民头上的三座大山，建立新中国，贡献了自己的青春、热血和生命。他们历经千难万险，在福州等城市开展爱国民主运动，在农村建立革命武装，开展游击战争，功绩辉煌，发展速度惊人。

城工部烈士中有我的革命引路人曾焕乾、何友礼、何友于，龙山会议上他们被评为英雄；有我的亲密战友陈盛骙，他在宁德霍童为掩护省委阮英平及闽东机关干部撤离而英勇牺牲；蔡兆源在闽清被捕后坚持斗争，被杀害于南京雨花台；李继藩在狱中受酷刑残害；曾焕乾和真树华等罹难时高喊“共产党万岁”。他们无限热爱和忠诚党和人民的事业，他们的故事，至今讲也讲不完。

70年来，烈士们的光辉形象鼓舞并激励着我们不忘宗旨，奋勇

* 2018年在福州文林山烈士墓清明祭扫时的发言。

前进！英烈是榜样又是力量。

今天，在烈士墓前，我们决心：不忘初心，不忘英烈，当好新时代的奋斗者。

第三辑　缅怀战友

对党与人民无限热爱和忠诚

——怀念老领导成仞千同志

成仞千同志是新中国成立初期我的领导，又是50多年知我、助我、引导我的恩师益友。

一

1949年8月17日福州解放后，中共福州市委安排我到市青委工作，一直到1952年10月才调到省制糖工业部门。在市青委工作的3年中，大部分时间我都在成仞千同志直接领导下，保持高度革命激情，开展大中学校学生工作。

新中国成立初期，市青委对外是市学联筹备处，先对学校开展工作。那时把省福中（福州一中前身）作为城内工作重点，派工作组驻校。时任市青委委员的成仞千担任组长，我任副组长，还有周协威等组员。成仞千领导我们深入班级，发动群众，建立学生会，不久又创建青年团（后改名共青团），取得显著成绩和丰富经验，培养了一批学生骨干，如郑光鼎、林信潮、姚知行、程振、梁振中、林亮森等。60多年来，他们不论到哪里，都把成仞千当作良师益友。此时我因城工部事件尚未恢复党籍，成仞千认真审查我被捕时的监狱档案，引导我先加入共青团，让我回到组织怀抱，在团组织内发挥作用。那时我25岁，刚刚是团章规定的年龄上限。可以想象，入团宣誓发言时，我是那么激动，也无限感激。

成仞千任学生部部长，领导全市学生开展政治运动，进而在团结、学习、进步的口号下，组织新民主主义学习。他和市青委领导一起，胜利召开了全市学生代表大会，举办团训班、学生体育运动会等。他还领导组织市学联秘书处和共青团鼓楼（西）区委等工作。他有几项特色工作作风：一，原则性强，真抓实干，浑身是劲，办事雷厉风行，开展工作生动活泼，有声有色，红红火火。二，他强调要提高认识，从思想上建团，牢固树立革命的世界观和人生观，倡导大家学习《钢铁是怎样炼成的》等著名小说，以英雄人物为榜样。三，公道正派，光明磊落。他和市青委委员赵忠信等领导一起工作，能正确掌握政策。例如，对来自原城工部的同志，让他们在实践中锻炼、考察。四，严于律己，宽厚待人，以高标准要求自己。他的信念、品德、情操是大家的鲜活榜样，激励我们奋发上进。1952年他担任市青委第二任书记，提拔我为市学生少年部副部长。那年，市青委机关的同志们推选魏永鑫和我为先进工作者。

新中国成立初期在市青委工作的3年，是激情燃烧的3年，是难忘、幸福的3年，许多共青团干部从此对共青团事业终身怀有深厚感情。

二

成仞千是福州市的老团干，他德高望重，很有凝聚力，是年年团干相聚的倡议者和组织者之一（后来还发展为新老团干春节团聚）。我每次参加都有很大收获，都感到愉快。我们重温昔日的战友情，交流书刊信息，听取团领导和同志们发言，高唱共青团团歌……喜相聚，忆往事，增能量。成仞千每次必到，都有热情洋溢的祝词或发言。

有一次聚会，成仞千讲述了1984年他动颅脑手术，一步一步挺过来的经历，最后他强调，这是党的政策、科学治疗、同志关爱以及保持坚定信念、坚强意志的结果。从他的经历中，我开始悟到患者必须有乐观、坚强、正气、包容的心态，他的经验对我日后抗击肝癌有很大启发。

成仞千是一位非常热心关怀下一代成长的老同志。他不顾年老体弱，克服困难，为台江区筹建青少年宫做出很大贡献，得到团中央等的奖励。2011 年 6 月 11 日，成仞千、陈芸等 7 位老革命还应马尾区关工委邀请，向该区中小学生开展“讲那过去的故事”等活动。

三

2013 年 2 月 9 日，我到福州于山堂参加成仞千夫妇生日寿宴。我拜读了成仞千 70 年前入党宣誓时写给入党介绍人何玲的信，信中表示要永远牢记入党监誓人的教诲：“永远跟着党，为穷苦人民谋翻身求解放。”他这样写道：“只有真金才能永远闪光。何玲啊！我们都要好好地活下去！要永远跟着党，永远做一个合格的共产党员。”

我还记得 1951、1952 年间，成仞千在市青委机关全体干部会上表示，要以“对党与人民无限热爱和忠诚”来要求自己，这句话掷地有声。他贵在言行一致，说到做到，一辈子做到，像真金一样闪亮。他的言行鞭策我们奋进。我之所以在老团干聚会上，又在寿宴上讲述这些事迹，是因为这是成仞千党性强的集中表现，是我们应当学习的重要榜样。

几年前我向林信潮、程振建议，要帮助成仞千出版回忆录，回忆革命事迹。但他为人历来低调，不事张扬，反而鼓励我们撰写回忆录。2013 年国庆节，我带着庄征、李铁烈士两本纪念文集看望他的时候，表示我将写一本回忆录，初步拟定书名为《把天堂建在人间》，以弘扬革命传统，为现实生活增添正能量。他表示乐于为我题词，我感到非常受鼓舞。想不到他 2013 年 10 月 28 日病逝，我感到无比悲痛。

成仞千同志永远是我的学习榜样，是我心中的一座丰碑！

一生忠于革命的好同志——简印泉*

简印泉

简印泉是我英华中学六年的同班同学，抗战初期随校从福州内迁到顺昌县洋口镇读书。1940年1月，他由李健（李盛乐）在校介绍，加入中国共产党。

英华中学爱国、民主、进步气氛较浓厚，不少同学积极参加抗日以及革命活动。简印泉等认真贯彻中共中央“隐蔽精干、长期埋伏、积蓄力量、以待时机”的方针，为人正直坦诚，谦虚谨慎，严守秘密，和同学们联系密切。记得有一天傍晚，简印泉和我们几个同学正从洋口镇汀州会馆往福州会馆的路上走，忽然看见蜚江上有人在水中挣扎着，简印泉说声“不好，有人落水了”，马上脱下衣服，跃入水中，很快把那个落水妇女救上岸来。简印泉见义勇为救人一命，深受同学们的赞赏。

1945年6月，福建省委派庄征到福州开展白区城市工作。他和李铁到福州后，找到长期隐蔽的地方党员杨申生、林立、孙道华、

* 原刊《福州党史》2008年第4期。

简印泉等人，开始在学校、机关、工厂中活动。

抗战胜利后，福州市爱国民主学生运动蓬勃发展，一浪高过一浪。1946年2月，简印泉任省立农学院（福州学运重点校）党支部书记，真树华为委员。1947年2月，他们都参加了城工部干部会议（史称龙山会议）。

1947年4月，简印泉任福州第一市委委员。1948年到闽赣边区的宁化、明溪、清流、瑞金、石城、雩都等县开展革命工作，筹建宁化等县中心县委。同年10月返福州，路过南平，明知福建党内发生城工部事件，他和林白对党忠诚，勇于上山，到达南古瓯地区闽浙赣省委机关后，两人被分开，接受组织审查。

新中国成立后，简印泉在福州党政机关工作。早年扎根基层，后来在多个领导岗位任职，1980年2月起任福州市人大常委会秘书长等。

1956年经党中央批准，福建省委对城工部公开平反昭雪，简印泉为落实党对城工部的政策做了大量卓有成效的工作。他曾担任福州落实城工部政策的领导成员，团结同志，克服困难，耐心细致，取得良好成效，受到烈士亲属、战友、同志的好评。

他协助组织把烈士灵骨安放西禅寺，后移大梦山西麓，1980年迁至文林山。烈士陵墓碑上刻有88位烈士名字，碑文言简意赅，生动感人，既悼念英烈，又遗教后世。简印泉组织在福州烈士家属轮流主持每年清明节的集体祭扫，风雨不移。

1998年清明节，简印泉在烈士墓前作“纪念城工部烈士罹难五十周年”的讲话，勉励大家“永远缅怀烈士们的功绩，年年岁岁，直至我们到马克思处报到与其再相逢”。

他积极协助有关党史资料，特别是城工部史实、烈士生平等的征集。1983年6月4日，他在福州市委举办的党史学习班上详细讲述“解放时期福州党史概况”。1984年6月21日，福州市委召开解放战争时期福州市地区城市工作党史资料汇集座谈会，他是会议主席团成员之一。他也积极参加省委组织部为编写出版《中共闽浙赣区委城市工作部组织史概要》组织的多次调研活动。

2007年12月11日，简印泉等老同志探访龙山会议旧址，他是到场同志中年龄最大的（89岁），也是1947年2月龙山会议的健在者之一。他积极支持把龙山会议旧址辟为爱国主义教育基地。

一个人不论职位高低，贵在贡献和品德。简印泉于2008年7月6日逝世，他的精神值得我们学习和永远纪念。

理想为魂　百炼成钢*

——悼念黄世杰同志

黄世杰

龙山会议纪念馆展出的“烽火台”，是纪念1949年8月1日黄世杰率领闽清人民游击队配合人民解放军先头部队取得清溪阻击战胜利，奠定了闽清县城解放的基础。黄世杰同志于2013年3月14日病逝，享年90岁。他平凡的一生有好多闪光点和不平凡的故事。理想信念是他生命的灵魂，在艰苦的斗争实践中百炼成钢。

热血沸腾担道义

1947年，中共闽浙赣省委“八二八”会议后，省委决定成立闽永尤南沙中心县委，开展三十路游击运动。11月批准成立闽清县委，以刘忠瑶、郑一惠为正副书记。12月黄世杰、吴大挺、黄际信从协和大学返回闽清十五都，寒假在吴大挺家学习《中国土地法大纲》等文件，由刘忠瑶和我分别介绍这三位同志加入中国共产党，

---

* 原刊《福州党史》2013年第3期。

以黄世杰为党小组长。1948 年 4 月发生闽清麟洞事件，中心县委机关被破坏，我等 7 人被捕。刘忠瑶、郑一惠赴南平找上级林汝南。黄世杰、吴大挺带筹来的钱物回乡支援游击斗争，得知战友被捕失散，联系不上组织后，只得撤回福州。当年夏天，中共协大党支部（书记陈道章）指派黄世杰回闽清，担任地下党负责人，恢复和发展地下党组织和革命游击武装，黄世杰临危受命，奔赴老家，唤起民众，继续战斗，使闽清的共产党人和人民群众很快从挫折和失败中站起来。

我和黄世杰等老同志 1983 年重回麟洞、梧桐顶等革命据点，拜访闽清革命烈士陵墓，参加闽清党史座谈会上，重温这段历史，感慨万千。

黄世杰和我都已离休多年，2003 年 8 月 1 日我们再次受闽清县委邀请，参加十五都仙君寨“烽火台”落成典礼。我们共同为“烽火台”揭幕剪彩，并在座谈会上先后发言，共同回忆开展游击战争的峥嵘岁月和赞扬闽清改革发展的巨变。

2012 年 10 月龙山会议纪念馆开馆仪式前，我考虑黄世杰是城工部党员骨干，曾任闽侯县委副书记，特到省老年医院，想请他一同去闽侯县参加，可惜那时他已经行动不便。他听了我代表老同志在仪式上的发言稿，表示赞同，强调这也是他的心声，也是他想要说的话。2013 年春节后，他很高兴地收到并阅读刚出版的《中国共产党闽清地方大事记》（1920—1978），逝世前 10 天，我见这本书还放在医院病榻桌面上……

我和黄世杰同是 1924 年出生，同在协大化学系学习，又相继在闽清县开展革命活动，既是同窗知心学友，又是亲密战友，几十年难得的友情。正如鲁迅赠瞿秋白联语：“人生得一知己足矣；斯世当以同怀视之”。

智勇双全战天地

黄世杰的人生道路、心路历程和精神风范给人们以启迪和教育，不难看出理想信念是他的精神支柱，使他前进有方向，奋斗有动力。

在硝烟弥漫的战争岁月，黄世杰就读于福建协大，这所1946年被福建省委书记曾镜冰赞誉为“民主堡垒”的学府。他品学兼优，热情正直，追求真理。同班同学陈盛骙（烈士）、陈道章相继担任协大党支部书记，指引他投入革命。他如饥似渴地学习进步书刊，积极参加爱国民主运动，树立了革命的世界观和人生观。

入党后，他深入群众，深入实践。特别是返回闽清，脱产成为职业革命者，上山打游击，思想境界提升了，信念更加坚定，意志更加坚强，功绩也更大。《闽清革命史（民主革命）》用几十页篇幅描述，以翔实的史实彰显黄世杰是闽清县干群爱戴的优秀政治领导者，又是智勇双全的指战员。1949年4月至6月，在黄世杰的指导部署下，闽清人民游击队成功策反国民党南平专署保安营第一连连长谢道球率部起义，为瓦解敌人、壮大我游击力量立了一功。总之，在闽清地下斗争中，他多次指挥战斗，奋不顾身，和同志们一起百折不挠，披荆斩棘，打开局面。

在一次党史座谈会上，黄世杰回忆讲道：1948年夏天，我返乡担任闽清党领导，正在带领群众与顽敌斗争，想不到城工部事件发生，与上级断联，甚至受当地党内同志猜疑，处境复杂，怎么办？听说陈世明出狱，我冒着生命危险，从闽清赶到福州找他，世明劝我速到闽北找党组织，找刘忠瑶，随即我化装成农民，千方百计穿过封锁线，辗转北上。找不到刘忠瑶（已经牺牲），我直奔建瓯，找省委领导，得以联系解放军先头部队，共同战斗，解放闽清。

新中国成立后，黄世杰大部分时间是在福建省计划经济委员会工作，他平易近人、作风务实、才华出众。

理想激发正能量

在理想牵引下，黄世杰的一生，不论顺境、逆境，他都乐观奋进。福建解放前因城工部问题，受到党组织的审查，“文革”中又蒙冤入狱，但他以党和人民事业为重，心胸宽广，平反昭雪后只争朝夕地忘我工作，始终保持共产党员的本色。

黄世杰夫妻相濡以沫几十年，共育有五个子女。他谆谆教导子女要“清白做人，好学上进，谦虚谨慎，勤劳善良。”重要的是，他日常言行中体现的公道正派、坦诚磊落对后代起到了表率作用。

在我国革命、建设、改革的伟大时代，黄世杰堪称这一代革命知识分子执着追求的杰出代表，是身体力行的实践者，经受各种考验的忠诚共产党员，福建人民的好儿子。

榜样的力量无穷，我们要以黄世杰等同志为榜样，坚守信念，承前启后，同心协力，共圆“中国梦”。

践行孺子牛精神的老共产党员——陈果*

陈果，原名陈杲，在我国革命、建设、改革的峥嵘岁月，陈果几十年如一日，理想坚定，无私奉献。他虽历经风雨坎坷，始终忠诚不渝，全心全意工作。在我看来，老共产党员陈果是践行孺子牛精神的杰出人物。

烈火青春

抗日战争时期，陈果是热血知识青年。解放战争时期，他从事地下党活动，谦虚谨慎，深入踏实，组织纪律性强。

1943 年，陈果考入迁往邵武的协和大学农艺系。在曾焕乾、何友礼等党员引导下，他勤学进步。1945 年他参加反对地方恶霸以及反对取消女生会客室民主运动，提高觉悟，逐步树立革命人生观。

1946 年初，协大迁回福州市郊魁岐乡，陈果住在同学林曦家（仓前山马厂街尚园），参加读书会。同年 2 月，由何友礼、陈世明介绍，陈果加入中国共产党。那时，闽江工委与庄征、孟起等领导人时常来开会，何友礼安排他掩护闽江工委常委李铁，他们同住

---

* 原刊 2013 年 5 月《协大校友》（36）。

三楼。

同年4月，协大复课，陈果担任校基督教青年会副会长。该组织是泛群众性组织，不论是否基督徒都可参加。陈果聘任进步同学或共产党员担任该组织所属各部门负责人，力促同学们爱国、团结、进步。同年下学期，陈果划属协大第一支部，书记是鲍良玉，支委翁绳金、郑一惠。

1947年1月，反美援沈学运，协大罢课数天。在全校学生大会上，时任基督教青年会会长的陈果愤怒控诉，反对美军暴行，批驳某些人恐美崇美的错误言论，格外引起同学们注目。

1947年2月，“龙山会议”后有10位协和大学党员响应号召，脱下学生装，到农村等地活动。鲍良玉、陈果毅然出发去浙江金华等地，以教书为掩护，从事地下革命活动，由何友孔（在福州）领导。

1948年3月至12月，陈果回协大读书，在校担任支委（郭强民为书记）兼党小组长，又在福州市区活动，由吴毓桂领导。当时协大党组织除大力支援游击战争外，陆续开展反饥饿、反迫害的爱国民主运动。例如，5月开展“反美扶日”运动，发表《反对美帝扶植日本侵略势力复活宣言》；10月开展向省政府要平价米的斗争，学生会派代表率百余同学前往省政府谈判交涉，获得成功。协大党支部起了核心领导作用。

1948年4月，福建党内发生城工部事件。城工部所属基层组织处于断联状态，但城工部党员和群众仍坚持革命活动，接受考验。

1949年1月至4月，陈果在福州高级工业学校任教，领导校外两个党小组。后由吴毓桂传达城工部事件及省委四条规定，吴毓桂勉励同志们：“革命免不了会有挫折，重要的是要坚定。在任何情况下，都要相信党，相信我们的事业。”陈果向党小组长传达后，大家感到突然和痛苦，不愿分散，就把同志关系改为朋友关系，把党的组织改为学习组织，等待审查。

1949年4月中旬，吴毓桂罹难。陈果于4月25日乘船撤离至上海，不几天上海宣告解放。1956年经党中央批准，城工部冤案得到平反昭雪。

专家风范

新中国成立后，陈果成为农业专家，1954年参加筹建中国农科院。“文革”后期，我出差北京，到农业部寻访学友陈杲，不知他已改名陈果，当然扑个空。1983年他满60岁，辞去植保所职务，调到生防所，开展“线虫防治粘虫”的生物防治研究。

1987年4月19日陈果65岁生日，他对自己的总结，一是对组织老老实实，忠诚对待，二是对革命工作勤勤恳恳，尽力为之。他特意写诗《孺子牛》，第一句是“壮丽的共产主义事业是我一生的追求”，这条格言无疑是陈果一生的精神支柱。

他对科研热爱执着的精神值得学习。他告诉我，待科研项目完成，即写回忆录。不幸2005年跌伤，髋股骨折断，因此愿望未能实现。但是他以坚强的意志和毅力，走完人生最后历程。他的光辉形象永远活在我们的心中。

我们的好会长蔡诗灿*

蔡诗灿

纪念英华中学惊涛级毕业65周年之际，惊涛级会长蔡诗灿（老蔡）的音容、风范很自然地浮现在我们的眼前。老蔡的一生证实他的心声："英华永远在我心中！"

老蔡是个苦学生，在英华中学读书成绩优异，得到陈芝美校长关爱。高三上学期，他担任校学生会主席。高中念文科，他深受陈衡庭老师的启蒙教育和人格魅力的影响，陈老师在其毕业纪念册上用毛笔工整又意义深长地写下："我们对于人生不能只认识价钱，而不认识价值。"蔡诗灿班上好友傅孙焕、魏子衡、孙道华后来成为烈士，陈克俭成为厦大教授。

英华毕业后，蔡诗灿进厦门大学学习，满腔热情地投入爱国民主学生运动，并于1947年春加入中国共产党，后来他到闽西南参加游击战争。

1948年冬，城工部厦门组织被上级宣布解散，该组织同志们迫

* 原刊2009年4月《英华通讯》（77）。

切希望闽西南党组织接纳，到游击区工作。鉴于在厦门大学等地爱国民主运动中大家并肩工作，彼此是亲密战友，闫西南党组织毅然决定认真考察后接收约100位同志，到安（溪）永（泰）德（化）大（田）漳（平）游击区共同战斗。老蔡当时就是闽西南党的领导者之一，任安溪中心县工委委员、宣传部长。

记得1949年5月初的一个清晨，我去仓前山看望英华中学董事范哲明和老师毕利夫妇，答谢她们千方百计去牢狱探望我。适逢住在该处的林观得校长中午回家，他非常高兴看到幸存的我，亲切地带我到他家，拿出《在晋绥干部会议上的讲话》等革命读物给我看，说是校友从外地寄来的，热情邀请我每星期一上午到他家继续阅读，共进午餐。后来才知道这些读物是老蔡从香港巧妙邮寄到英华母校转给林观得校长的。

老蔡改名蔡重明，新中国成立后长期在福建省委党校工作，也经历了一些风雨曲折，但是理想信念始终指引着他前进。1999年我收到他寄送的史书《中共闽西南白区组织斗争史稿》，他担任该书顾问小组成员及编写组组长。书中记录了英勇卓越又复杂艰巨的斗争，是革命教育的好材料。

简印泉之后，老蔡担任惊涛级会长，时间最长，他做了大量工作。人们时常赞扬两件事：一是，1983年7月7日双庆（纪念英华建校112周年暨惊涛级毕业50周年），老蔡和赵修中编写长篇的《英华传统光耀千秋》，这是用抗战时期惊涛级七年的光辉艰辛历程来做典型，阐述英华精神。后四位同学将之翻译为 *ACC Traditions Shine On*，经穆蔼仁、郑锡安校阅修饰，印制2000册。老蔡向英华英语学校全体师生讲述其中的十个故事，展现了英华优秀传统。二是，在他的领导和支持下，丁汉潮等协助洋口英华中学筹资兴建英华亭、烈士碑等，又赴洋口参加该校校庆和学校展览（包括1941年惊涛班友在洋口刊出的英文刊物 *Tide* 创刊号复印件等）。

重温1993年双庆时老蔡在“级友心声”中写的一段话：

人生篇章，主要三段：青年、中年、老年。

青年，我没辜负当时历史赋予的使命，曾经勇敢地为她奋斗过。这应感谢母校的培育，学友的帮助。

中年，我曾经历了崎岖之路，但没背离初衷依然坚定地努力着。这是依靠信念的力量，好友的支持。

如今已届古稀，国际风云变幻多端，市场经济情况复杂，把稳方向，保住晚节，是写好人生全篇章的关键。这除了自己必须清醒外，更需要诤友们的提拔。

15年过去了，这些铿锵有力的概括性话语，依然准确地反映了他一生的经历和心路历程。

一位青年的执着追求*

——缅怀战友刘希明

刘希明

在纪念建党90周年之际，我们缅怀战友刘希明，他的一生是无私奉献的一生。刘希明解放前为革命事业历经险阻，英勇斗争；新中国成立后他在基层工作，离休前是闽清县党校校长，致力培养热爱党、热爱人民的好党员。

刘希明生于闽清县坂东镇佛堂前，这是有革命传统的地方。一个突出的范例是，1934年青年学生刘俊毅奔赴永安山区，参加红军，长征到陕北后随刘邓大军转战华北。刘希明得到叔叔刘忠瑶的启迪，两人相继摆脱封建包办婚姻的束缚，离家出走。在刘忠瑶指引下，刘希明追求救国救民的理想，奔向革命。1947年底，闽浙赣省委书记曾镜冰批准刘忠瑶为闽清县委书记，他回六都后介绍刘希明加入共产党。刘希明入党后，进步很快，工作出色，被闽永尤南沙中心县委提拔为六都区委书记，参加在闽清、永泰边界山上的短期培训。1948年4月24日参加在闽清麟洞召开的中心县委扩

* 原刊《福州党史》2012年第1期。

大会。

由于叛徒出卖，不幸发生麟洞事件，武装负责人老刘（真名蓝成友）牺牲，7人被捕。4月26日清早，刘希明一听到消息，立即向刘忠瑶汇报，并到六都察看，协助采取应对措施。刘忠瑶和郑一惠（县委副书记）脱险，抄小路北上夏道，寻找上级。刘希明联系不上组织，随即以小学教师身份为掩护，到江西贵溪隐蔽。他信仰坚定，千方百计寻找党组织。

直到1949年5月初，闽浙赣游击队进入贵溪，刘希明欣喜若狂，即去部队找余三江参谋，一同进军回闽。在建瓯，按省委委员黄扆禹布置，又回闽清开展革命斗争。他到上演山头找黄世杰传达省委决定，以五都茶口村为活动据点，介绍林和宝等多人入党，组织贫农团，逐步发展到五六十人。通过组织联系广大群众，监视和掌握敌特活动，积极开展斗争，迎接解放大军到来。

一场惊险、机智、勇敢的无声战斗发生了。刘希明接受闽清人民游击队领导人黄世杰“借枪”任务。由黄世杰具信，刘希明和刘贤株作外应，黄济坚为掩护，刘忠钊带信到清溪（今白中）乡公所，在午休时间以找族亲为名，对乡长刘积田言明利害，劝其认清形势，言明借短枪弹药为革命、为百姓。刘积田迫于压力，亦想为自己留后路，拿出20发快慢机、3号驳壳枪、3号左轮各一支及弹药，送交游击队使用。

又一场机智勇敢的战斗出现在水上，刘希明和刘忠钊先后三度水陆兼程，往返闽清与建瓯之间。第二次北上向黄扆禹请示汇报时，适解放军急速南下，准备解放福州。黄扆禹布置他重返闽清，了解闽江沿岸布防情况。刘希明把省委指示塞在同行的战友池珠坤的斗笠中，走水路，遇到两次土匪拦劫，脱险后又遇敌军检查。光头的池珠坤被疑为逃兵，要把他带走，池珠坤机智地把斗笠放在船边，刘希明顺势戴在自己头上，在水口登岸，长途步行到六都，通过林和宝收集十万分之一的闽清地图和当地布防。刘希明又马不停蹄赶到福州，通过同学刘世乎（国民党联总少将总队长刘庆清之子）弄到了二十万分之一的福州军事地图，并把收集到的敌军设哨、布防、番号等情况详细标注在地图上，及时送交二十九军八十六师先遣部队师长徐光友、科长王健手中，为解放军及时掌握敌情，制定正确作战方案，解放后接管城市做出了贡献，得到解放军以及黄扆禹、余三江的表扬。

刘希明不愧是烽火年代执着追求、机智勇敢的热血青年！

曾世弼在协和大学*

曾世弼是忧国忧民的热血青年，在协大学生运动中逐步成长为领导人物。

曾世弼

曾世弼在邵武入学，在协大爱国民主气氛下，积极参加抗日救亡活动。1945 年，他带头参与抗击姚家恶霸及因女生宿舍会客室引发的民主运动。抗战胜利后，协大迁回福州。1946 年 4 月，黄猷、李成章在厦门秘密印刷《新民主主义论》《方生未死之间》等大批进步书籍，由曾世弼运送到福州。由于那时公路未修复，他雇人从厦门挑出，走了七天的路，历经风险才运达福州，有力推动当时协大及福州进步青年的活动。在沈崇事件引发的学运中，曾世弼有出色表现，他和黄后昆、陈道章当选为学生自治会常务理事，曾世弼为召集人，接着他加入了中国共产党。

1947 年 3 月，协大同学们声援省福中学生被警方殴打、逮捕。时曾世弼为协大党支部委员。协大和福州市其他学校学生一起举行

---

* 原刊 2010 年 11 月《协大校友》(33)。

抗暴集会及示威游行，取得反迫害斗争的胜利。3 月 29 日福州七所大专院校在福建师专集会，由福建协大曾世弼主持，决定组织福州专科以上学校学生联谊会，推举福建协大学生自治会为学联主席。5 月 31 日，曾世弼等 12 位同学被国民党顽固派抓捕。史称“六二事件”。曾世弼等在狱中表现得很坚强。

曾世弼一生很坎坷，但他热爱人民，正直无畏，为我们所敬爱。他有子女三人，曾肖微、黄浪萍、曾璜。

亲如姐妹的三位“革命老妈妈”*

在纪念国际妇女节一百周年之际，我们缅怀董桂英、吓春嫂、马淑钗。在解放战争时期，这三位福州普通妇女为革命事业，不怕艰险，密切配合，默默贡献。同志们尊称她们为“革命老妈妈”。

三位革命老妈妈（左起：董桂英、吓春嫂、马淑钗）

她们都热忱支持子女参加中国共产党，参加革命。我是马淑钗长子，她积极支持我在协和大学读书时参加共产党，参加爱国民主学运，进而支持我脱产到位于闽清山村的省委机关工作。董桂英支持年仅16岁的何友芬在文山中学从事地下工作，后到东岭打游击。1946年下半年，协和大学党支部委员翁绳金（杨华）在大学附近魁岐乡创办农民夜校，担任校长，培养吓春嫂儿子凌尚武等为共产党员，得到吓春嫂大力支持。1947年“六二事件”，国民党逮捕协和大学十二位党员群众，翁绳

* 原刊《福州党史》2010年第3期。

金趁乱逃脱，随后带领凌尚武参加城工部副部长林白领导的闽古林罗连中心县委游击队。凌尚武英勇善战，率领游击健儿驰骋在连江、魁岐一带。解放战争时期，凌尚武、何友芬和我是亲密的战友，我们两代都活跃在同一革命战线上。

他们把自己的家作为革命据点。董桂英家住台江何厝里，抗日战争以来直到新中国成立前，这里都是中共福建省委在福州的重要据点。何厝里走出了多位杰出的革命者，如何思贤（林白入党的介绍人）、何友于、何友礼。林白多年在这里隐蔽养病。我也是在何厝里经友礼、友于介绍加入中国共产党的。马淑钗住在茶亭真神堂内，1946 年其住宅成为闽江工委（城工部前身）直属学委的主要活动地点，该年 3 月协和大学第一届党支部在此成立。吓春嫂从魁岐来福州常来这里和我母亲交流革命经验，相互勉励。1947 年我家迁居城内府学里二号，这里是城工部魁岐地方工委在福州的联络点，又是福州市委直属特支同志碰头的一个地方。我母亲又开发东门礼拜堂，供撤退的福长平工委同志家属居住。吓春嫂、凌尚武不仅提供自己的住处，而且使所在的魁岐乡成为五县中心县委的基地。

她们自身都参加民主革命，冒生命危险，积极做联络、宣传、后勤等工作。

1946 年秋冬，学委书记何友礼常住我家，母亲协助他进行革命工作。1947 年 3 月，协和大学党员林吉安等在我家暂住后出发古田县打游击。该年 7 月后，母亲为魁岐提供情报，保管枪支（驳壳枪）弹药，采购服装，为伤病员寻医找药。1948 年 4 月，我们七人在闽清县麟洞被捕，后押送到福州。在福州市委直属特支（庄弃疾、郑崇德、朱晨等）领导下，母亲组织营救保释，联络 20 多位被捕同志家属送饭、送衣服，安排出狱同志（邱文平，北峰的良玉、光标、火妹等）暂住地点，深受狱内外同志爱戴。烈士魏雪馨（地下省委派福州联络员）被敌人杀害前送母亲手帕作为留念。母亲还依据西门祭酒岭相关线索，落实闽清县委委员刘志德烈士的真实姓名是蓝成友，使其在宁德的家属得到优抚。许多党员干部到何厝里得到董桂英热情接待、安全掩护。1947年春，我从福清县东张镇灵石山据点回福州向城工部副部长李铁等汇报，就隐蔽在何厝里二楼多天。邱文平、何友芬、陈宜屏都曾隐蔽在这里。董桂英还捐献钱物支援革命。吓春嫂变卖家里土地财物，支援革命，深受党和同志赞扬。后她跟随儿子凌尚武参加革命队伍。

在党的领导下，她们三人在革命实践中深受教育和磨炼。

难忘的岁月　难忘的人*

——缅怀我的母亲马淑钗

我母亲马淑钗是在伟大时代中，由一个普通妇女成长为一名共产党员、福州市治安一等功臣、人民代表的。

马淑钗

苦难生活

她1899年出生于一个贫苦的工人家庭，祖父马长春、父亲马火弟均为理发工人，母亲徐增娣是贫苦农民。她3岁随母往祭酒岭乡下干农活，10岁随母做磨角梳等女工活，有时还到徐家村外婆家帮做农活。由于家贫，12岁便与我父亲陈宝善订婚，16岁正式结婚。

母亲婚后继续做角梳等工作来糊口。24岁时进入教会办的懿德学校半工半读，直到30岁毕业后分配在福州教会工作。37岁至48岁在卫理公会茶亭真神堂工作。新中国成立前，她协助我父亲看管福州乌石山的建筑物。

我家多子女，家境贫困，我的大妹因肺炎夭折，剩下5个孩子。

* 原刊《怀念最可忆的人》（中国文化传媒出版社，2009）。

日本鬼子侵占福州时，连豆渣、地瓜叶等杂粮也吃不上。有一次日本兵打球，父亲经过，要他捡球，他听不懂，挨了打。1948年的大洪水淹到家里，土墙倒塌，一家人一个个从厨房洞里爬出，幸好无人伤亡。

革命洪流

从1945年底至1946年初，中共闽江学委组织阅读进步书刊，如《民主》《文萃》《世界知识》《大众哲学》等，成员是何友礼、林吉安、罗慰慈、卢懋海、刘文圻和我，从中物色建党积极分子。1946年2月1日，由何友礼、何友于介绍我参加了中国共产党，接着在我家成立协和大学党支部（我当书记）。1946年下半年，何友礼担任学委书记。母亲掩护何友礼住在我家，并把我家作为学委活动据点，先后有城市工作部正副部长庄征、李铁及地下党员20多人来该处活动过。

革命洪流滚滚来。我母亲目睹这些青年学生来来往往，学习讨论。一方面看这些都是好学生，方向对，她热情接待，另一方面又担心大家的安危。她先是掩护，进而积极协助联络、宣传、后勤工作。她开发东门教堂，让福长平工委同志和家属住，庄征、李铁、曾焕乾、马玉銮等也常到那里。她又把茶亭真神堂和台江区何厝里据点紧密结合，起到相互呼应、支援的作用。城市工作部李铁部长等同志都称我母亲为“革命老妈妈”。

1947年2月，龙山会议后，协和大学党支委林吉安响应省委“开辟第二战场”的号召，将离校去古田、宁德等县，暂住我家。临行前我母亲请他吃太平面，他深情地说：“我参加游击战争去了，等福州解放，一定首先来看您。”

特殊工作

1947 年 7 月后，我母亲为闽古林罗连中心县委委员凌尚武提供情报，采购衣服，为伤员寻医找药。那时我家已迁至府学里，屋外有小园地、矮篱笆，她把凌尚武寄存的驳壳枪藏在篱笆下。

1948 年 4 月 24 日，我们因叛徒出卖，在闽清县麟洞被捕。城市工作部福州市委直属特支书记庄弃疾安排朱晨、郑崇德同志，另有凌尚武等分别来拜访我母亲，表示关爱，并组织营救保释。被捕初期，我母亲每隔一两天就到狱中探望，进而串联被捕的家属送饭菜等。有一次她冒雨到水部找律师，天黑头昏，深夜跌入河中还不知觉，幸好抓住树枝，待天亮才被救回。她为出狱的同志如良玉、光标、火妹安排暂住处。邱文平（林三妹）出狱，暂住我家，我母亲把她当作亲女儿接待，因而我母亲深受狱内外革命同志及亲属爱戴。

1956 年，她听我说到“麟洞事件”中牺牲的刘志德烈士至今无法找到亲属，想起刘志德和我从福州出发去闽清时，在福州西门祭酒岭庙祝（刘的叔叔）蓝福坤处过夜。恰巧我母亲幼时在那儿劳动过，凭这线索，她步行十多里走访查对，弄清刘志德真名是蓝成友，后通过组织多方努力找到他的宁德亲属，使之得到优抚。

一等功臣

新中国成立后，在党的教育培养下，母亲的思想觉悟不断提高，积极协助党和政府做好治安工作，长期义务担任圣庙居委会治安主任。1961 年至 1965 年，年年评上福州市及鼓楼区“五好”治安干部，长期被邀请担任福州市法院陪审员。

1953 年镇反运动中，母亲查获和检举多名反革命分子，荣获福州市一等功臣。1959 年 12 月，福州市十年治安工作展览会上展出她的事迹。《人民日报》《福建日报》也刊载过相关报道。她荣获的奖章及主要事迹曾在中国革命博物馆展出。

人民代表

新中国成立后，党和政府多次推荐母亲出任幼儿园园长等职，她认为自己文化水平低，担心做不好而谢绝。她兢兢业业，忘我地从事社会工作。1952 年至 1965 年，她连续被评为先进工作者、“五好”妇女、防火安全积极分子等，覆盖治安、街道、妇女、卫生、民政、储蓄等方方面面，现在可找到的奖品奖状有 20 多个。因为多年被选为福州市及鼓楼区人民代表、妇女代表，当地居民都称她为“马代表”。

1960 年，她经郑学新等介绍加入中国共产党。她年老体弱，但坚持参加组织生活。文化程度虽低，但天天读《福建日报》，政治学习不停、勉励青少年进步不停、主动做有益于人民的事不停。

1985 年，母亲被授予解放战争时期福州市地下党“老接头户”称号。1987 年 11 月，台江区委党史办专文撰写《茶亭真神堂史况》，阐述它作为我党地下据点所发挥的重要作用，称我母亲为“革命老妈妈”。

1986 年 9 月 18 日，母亲因病逝世，享年 87 岁，骨灰安放在福州文林山陵墓（解放战争第二室）。原中共闽浙赣省委委员左丰美、苏华、黄扆禹等送了花圈。

一片丹心　薪火相传*

凌尚武

凌尚武是福州市郊魁岐乡一位农民，解放战争时期成长为忠勇的革命者。早在1946年2月，我担任福建协和大学党支部书记时，支委翁绳金（杨华）分工到魁岐乡办夜校，秘密发动群众参加革命，就首先物色凌尚武等为发展对象。凌尚武由翁绳金介绍入党，任魁岐乡党支部书记。

凌尚武坚定信仰，一片丹心，全身心投入革命。他响应闽江工委（城工部前身）号召，“毁家纾党”，把全部田厝奉献给党，奉献给革命. 并教育引导母亲吓春嫂一齐参加游击队。

1947年底，凌尚武是城工部副部长林白领导的闽古林罗连五县中心县委的核心人物，历任魁岐工委书记、林罗连沿海地区工委书记、游击队支队长，和陈可珠等带领200多位游击队员英勇对敌斗争，后任连江县委书记。

1948年发生城工部事件，凌尚武在中心县委与上级断联、极其

---

* 本文系2021年在《凌尚武传》首发式上的发言。

艰险之际，坚守理想信念，顽强对敌斗争，彰显了共产党人的赤胆忠心。

解放战争时期，我母亲马淑钗、何友芬母亲董桂英和凌尚武母亲吓春嫂，结成三姐妹，被誉为“革命老妈妈”。今年在建党百年之际，喜看凌冰（凌尚武之女）、张方林（何友芬之女）、陈宁（我儿子）三代相聚，参加《凌尚武传》首发式，继承红色基因，实现薪火相传。

以上是我亲历亲闻的史实，彰显了凌尚武同志的光辉形象，他无愧为一名党的优秀儿女。

不忘初心、尽忠尽责的罗慰慈大夫

罗慰慈

罗慰慈是老共产党员，我国医学界的权威。他和我在福州英华中学及福建协和大学（简称协大）同窗近十年。他英俊，品学兼优，仁慈谦和，又富正义感，早在英华中学就积极投入抗日救亡运动。那时学校因抗日内迁至顺昌县洋口镇，已经建立党组织，同学孙道华、简印泉等是共产党员。罗慰慈因而受到革命思想的熏陶。1944 年从英华毕业后，他升入协大生物系。1946 年，经闽江工委所属学委书记何友礼等介绍，罗慰慈在福州加入中国共产党，是协大第三支部支委（书记陈盛骙）。1947 年 2 月龙山会议后，协大党支部合并为一，书记赖清晨，支委曾世弼、罗慰慈。支部领导学校“反内战、反饥饿、反迫害”爱国民主运动，如 1947 年 3 月声援省福中“三二五”反暴斗争，同年 5 月又组织全校 600 多名学生冲破阻力，乘船从魁岐到福州城，冒雨游行到省政府，沿途各大专院校学生纷纷加入队伍，迫使当局为学校提供平价米。

1948 年罗慰慈考取北京协和医学院，毕业后从事内科呼吸专业医疗、教学和研究长达 60 年，曾任北京协和医院内科主任，2019 年当选为中国医学科学院学部委员，曾任中华医学会内科学会主任委员、亚洲太平洋呼吸学会主席等。他医术精湛，医德高尚，是我国医学界中享有盛名的专家，曾获“协和之友”教师奖。主编《内科临床指导》《现代呼吸病学》《协和医学辞典》《内科疑难病症会诊》等，论文80余篇。

罗慰慈乐于助人，富于奉献精神，离休后依然坚持治病救人，对战友、同学等也关怀备至。2004年我得肝癌，2010年又发现新病灶，他鼓励我应有“乐观、坚强、正气、包容”的心态，并赞扬我不忘初心、宣扬英烈。他来信说：“这样也鼓舞了你体内的抗病魔免疫系统和辅助性淋巴细胞的斗争。”

十多年来，我陆续寄庄征、李铁、曾焕乾、刘忠瑶等烈士纪念文集，还有战友的回忆录《星火何厝里》《龙山精神赞》《龙山红旗飘》等红色书刊及《福州党史》有关文章给他。他都认真阅读，阅后即来信简要概述心得感悟。2009年他收到中共闽浙赣边区老同志纪念新中国六十周年纪念章，很高兴。我和他都是95岁耄耋之年的老人，远隔千里，多年来保持“见信即复”，互相关爱，互相勉励。可贵的是罗慰慈仍然如当年烽火燃烧的年代那样，如饥似渴地认真学习红色书刊、报纸，不忘初心，不忘英烈，尽心尽责。罗慰慈乐善好施，2018年7月，我省遭遇特大灾害，我信中告诉他革命遗址之一“中共闽清县委所在地——刘忠瑶烈士故居”严重受损，他立即捐助5万元表示关怀。

罗慰慈身上展现了一名共产党员的高尚品格和情怀。

坚守信念　一生正气　两袖清风*

——沉痛悼念吴大挺战友

吴大挺

吴大挺同志1926年7月出生于闽清县十五都，1947年12月加入中国共产党，2016年5月12日逝世，享年91岁。

福州市建筑工程局领导在吴大挺同志的追悼会上评价道："吴大挺同志的一生，是革命的一生，奉献的一生。他政治立场坚定，时刻忠于党、忠于人民，始终保持强烈的革命事业心和政治责任感，始终坚持老老实实做事，清清白白做人。他一生正气，两袖清风，一心扑在工作和党的事业上，兢兢业业，勤勤恳恳，任劳任怨。他为新中国的成立和社会主义革命事业做出了积极应有的贡献。"

一

1945年9月，吴大挺由南平剑津中学毕业，升入福建协和大学。那时协大爱国民主学生运动一浪高一浪，被福建省委领导誉为福建

---

* 本文由陈世明口述，刘亚琴、俞延贤整理。

学运的民主堡垒。吴大挺热情正直、富有正义感，1946年年底，他积极参加反美援沈学生运动。1947年5月，他参加协大“反饥饿、反内战、反迫害”大游行。

1947年闽浙赣省委决定开展“三十路游击战争”，建立闽永尤南沙中心县委。11月经省委批准，闽清县委成立，刘忠瑶为书记。寒假，吴大挺等由协大回乡。我同刘忠瑶到闽清十五都的吴大挺家，举办了4天的学习班，学习毛泽东《目前形势和我们的任务》和《中国土地法大纲》，刘忠瑶讲解党的性质和革命取胜的三大法宝。吴大挺、黄世杰谈到学习中最深刻的体会是：一，用《土地法大纲》发动贫雇农，将很快掀起农民运动；二，武装斗争是促进形势加速发展的关键，不但要支援山头，而且要自身投入。

1948年4月，吴大挺、黄世杰带着筹集到的钱物从福州返回闽清支援革命斗争时，因麟洞事件，形势突变，无法送交县委。

同年6月，闽古林罗连中心县委派黄世杰等到闽清接过红旗，继续革命。他们在刘忠瑶原有基础上，建立党组织并发展游击武装。7月中旬，吴大挺等协助黄世杰在闽清六都六叶祠堂，以专科以上学校闽清同学会的名义，开办暑假补习班。在学文化的同时，引导青年学生提高觉悟，自觉奔向革命。

《闽清革命史（民主革命）》记载：1949年1月，吴大挺等组织开展闽清中等以上学校学生寒假文娱活动，在六都毓真女中演出陈白尘的讽刺话剧《裙带风》等。演出时，福建农学院学生邓履端寒假回乡，因见国民党催粮兵欺压农民，讲了几句公道话，被殴打致伤的消息传来，主持公演的吴大挺立即把文娱会变为声援会，向观众报告事件真相，在大会上宣读致国民党县政府的抗议书。大会号召群众要与反动派抗争到底。第二天，吴大挺等还以旅榕闽清同学会名义，赶往闽清县城，向县政府当面递交抗议书。在强大压力下，县长吴捷功被迫答应惩办打人凶手，赔偿医药费，并在县城十字街燃放鞭炮赔礼道歉。

1949年2月，吴大挺参加城工部副部长兼闽古林罗连中心县委书记林白同志领导的连江游击队，在林（森）罗（源）边界开展游击战争。4月中旬，吴毓桂被害罹难，陈果与吴大挺商量后妥善安排处置。

二

新中国成立后，吴大挺先后任福州市总工会工作组副组长、市“五反”工作队工作组长。1952年6月后转入省市建工系统工作，曾任省建筑公司党委办公室秘书、省建设厅党委秘书、福州市建工局副局长等职，最后任市建工总公司副局长、正局级咨询员。1987年8月31日光荣离休。

吴大挺是甘为孺子牛的人民公仆。他身上那种勤勤恳恳、爱岗敬业的奉献精神，那种艰苦朴素、勤俭节约的优良作风，那种为人正派、忠厚老实的崇高品德，深受人们敬仰。生病后，长期卧床期间还不忘读书看报学习，关心时事政治。他坚持按时交党费，每次组织上看望慰问他，他总是动情地说：“给组织添麻烦了！”并交代家属不要向组织提任何要求。这句朴实无华的话，说出了一位老革命的肺腑心声，道出了一位离休干部的高尚情怀，体现了一名共产党员的优良品德。

三

吴大挺一生经历过城工部事件、“文化大革命”等严峻考验，他坚守信念，无怨无悔，令人钦佩。他入党近70年，始终积极传扬英烈的光辉形象，弘扬党的光辉传统。每年清明节他都要前往福州文林山烈士陵园，参加集体祭扫活动。他还大力支持并捐助闽清县建“烽火台”，以纪念闽清县十五都清溪阻击战的胜利。他赞扬闽清县人民政府在刘忠瑶故居建“中共闽清县委机关驻地旧址”纪念碑，是传承革命传统。

吴大挺对战友有非常深厚的情谊。新中国成立后，他家住在南门兜附近，多年来许多协大及闽清战友在假日都会到他家叙友情，相互勉励，常来的有毛遂翔、黄世杰、刘汝为、李心铿、林世芬、曾世弼、赵可宸和我等。时间之久，人数之多，吴大挺家真称得上是“战友之家”。

编修史志　铸就辉煌

刘润生 1926 年出生于长乐二刘村。少年时，他白天跟随几个堂兄弟在高山峻岭砍柴火、放牛羊、干农活，晚上便在山楼书斋中读书识字。1946 年，20 岁的他走出家门到福建省立宁德三都中学就读，在校期间接受进步思想的引导，1947 年加入中国共产党城工部地下党组织，任闽浙赣省委城工部闽东工委长乐县特派员。1948 年，任福马游击队福州工作组组长，直至福州解放。

刘润生

1949 年，刘润生进入福建省立农学院学习。1950 年，刘润生在福州市青年委员会工作，任共青团福州市委宣传部科长，是宣传部的得力干部。他为人忠厚、稳重、睿智、清廉、实干。三反运动时，他在市委机关的工作中表现很突出，受到同志们的赞扬。

1979 年十一届三中全会后，刘润生出任福州市建委办公室主任、福州市建委视察员，为福州市的建设做了大量工作。

1987 年刘润生离休后，出任《福州市城乡建设志》主编，后陆续出任福州市建委编志办主任、福州市地方志学会城建委员会主任、福州市地方志学会副会长、全国建设系统专业志编纂指导委员会委员，积极投身方志的编纂工作。

他先后主编《福州市城乡建设志》、《福州市志》第二册、《福州建设年鉴》、《福州市建设系统修志论丛》、《论开拓方志领域》，编写革命人物传略以及地情资料等，共成稿36部，正式出版25部。其中，《福州市城乡建设志》荣获建设部颁发的全国建设系统社会科学优秀成果一等奖，刘润生个人亦先后十二次荣获省、市先进工作者、福州市“老有所为”先进个人称号，成为编写地方志有名的专家，为文化建设做出杰出贡献。

他为党的事业兢兢业业，埋头苦干，几十年如一日，2004年临终前仍坚持写作，还叮嘱女儿关于修改史志的问题。他逝世后，福州市地方志编纂委员会特发表《挥毫编史志，碧血写春秋》以表悼念。福建省政协原主席游德馨同志送挽联“赤心光昭日月；清名终古长留”；林奔、孙子清送挽联“为建设修志勤为春蚕到死丝方尽；替烈士写传情若蜡烛灰泪始干”。

他的事迹入编《中国专家大辞典》《长乐县志（1995—2005）》。刘润生的无私奉献和高尚品德值得我们敬爱和学习。

访许集美同志故里

2021年4月10日，我有幸参观晋江市安海镇桥头村许集美革命事迹陈列室。

晋江安海是许集美同志的家乡，也是中共闽浙赣边区革命史的组成部分。许集美同志出生于1924年，15岁加入中国共产党，投身革命。抗日战争时期，他不畏艰险开展地下斗争，在晋江（泉州）一带发动群众、宣传抗日，发展了2000多人的抗日武装。解放战争时期，他在国民党力量十分强大的泉州地区开展反内战、反饥饿、抗捐、抗税、抗征兵等群众运动和游击战争，成功策反三名国民党少将以及国民党325师1000多名官兵起义，带动了晋江、南安、同安等县地方武装的起义，对我军顺利解放泉州地区起到重要作用。许集美同志一生为信仰出生入死的坎坷事迹，令我十分感动！

在城工部事件中，许集美同志不顾自身安危，巧妙地处理厦门城工部问题，保护了100多名党员，其中有几十名同志转入闽西南党组织，成为解放福建的革命力量。这是原厦门城工部书记王毅林怀着感恩的心情郑重地告诉我的。

中华人民共和国成立60周年之际，许老作为闽浙赣边区革命史研究的牵头人，组建有代表性的9个联络组，召开了500多位战友参加的庆祝大会；接着又组建福建省闽浙赣边区革命史研究会，积极抢救、挖掘史料。他是闽浙赣老同志大团聚的领头人，为弘扬闽浙赣红色精神做出重要贡献。

他也十分关爱革命后代，得知庄征烈士独子康星住房困难，出面向有关部门反映，及时帮助解决住房问题。

人的价值，一看贡献，二看品德。许老一直都是站在党和人民利益的立场之上正确处理问题，为我们留下许多宝贵的经验。在他的精神感召下，我决心从自身做起，传播红色精神，做一个有正能量的老人。我把我所经历，所亲闻的红色故事向大家讲述，让初心融入血脉，把使命扛在肩上，在新时代、新征程路上奋勇前进！

第四辑　红色传承

在庆祝新中国成立及福州解放五十周年联欢会上的发言*

今天同志们都感到非常高兴，我的感想可以用四个字来概括："朝气""正气"。我但愿一生都保持正气。刚才黄宸禹同志讲到庄征、李铁、孟起烈士代表着时代精神，讲得很确切。

前年（1997年）在福州文林山城工部烈士墓前举办的"庆回归，祭先烈"活动中，我和刘润生都是全家三代参加。我是科技工作者，但革命感情和大家一样深。其实，我家是四代都参加，因为我父母的骨灰在文林山解放战争室，在一定意义上也参与这次活动。

离休后我到英华母校工作，就抓紧落实烈士名单。经郑作光等同志努力，编写出版《英华英烈》，将于1999年9月9日在校树立烈士碑。英华母校已知有37位烈士，其中城工部同志占19位。今年5月我带领英华母校3位外籍教师，参加在文林山烈士墓前的团员宣誓典礼，并向烈士致敬。

今早我阅读高中时的美籍老师沈维德于1937年写的《英华中学简史》，她提到英华精神是牺牲与贡献，该文结语是学校的目标是培养学生做人。我们城工部同志特别是烈士，一生讲贡献和牺牲，体现了时代精神。务必弘扬这精神，特别在青少年一代中。

---

* 时为1999年9月5日。

重返革命旧地　党旗心中飘扬*

今年2月23日，我第三次与烈士战友的后代一起回到闽侯县龙山会议旧址。在旧址纪念碑旁，我百感交集。64年前的这一天，我戴着黑布面罩参加龙山会议，30多位与会同志齐唱："年轻的共产党，你就是核心，你就是方向，我们永远跟着你……"

我就读于具有革命传统的福州英华中学、协和大学，在校积极投入学生运动，加入中国共产党。1947年3月，我响应龙山会议号召，脱下学生装，到福清县创建灵石山武装据点，打通平潭经福清到福州的秘密交通线。

1947年5月，我调到闽侯、福清边界山上的闽浙赣省委机关，受到深刻教育和磨炼。我们认真学习《福建党九年斗争总结（草案）》，这9年贯穿着顽强斗争精神和创造精神，"能够在绝望的环境中打出希望"。记得我到那里的第一天，省委派饶云山（时任永泰县委书记）带我去找灵石山指战员，来回走了16小时。一路上，他不知疲倦地讲述福建党员群众惊心动魄、可歌可泣的斗争事迹，时至今日，我仍记忆犹新。

* 原刊《党在我心中——"与党同呼吸、共命运、心连心"纪念建党90周年征文优秀作品集》（中共福建省委老干部局编印，2011）。

1947年省委“八二八”会议后，我调到闽清县一带开展爱国游击战争。1948年4月，因叛徒出卖，我们不幸在闽清麟洞被捕。战友们忍受牢狱磨难，靠着“将为人民而死，正如为人民而生”的理念，团结战斗。历经磨难让我更深切感受到，党旗是由许许多多同志的忠诚和鲜血凝结而成的。

新中国成立后，我在共青团福州市委工作3年，1952年10月后转为制糖工业科技工作者。我也遇到过坎坷，几十年追求、磨炼、奋进，是理想牵引着我前进，是党的光辉形象鼓舞着我战胜重重困难。我深深体会到，在我国革命、建设、改革、发展的岁月里，党旗在心中，生活更踏实、更丰富、更有意义。

在中共福建地下省委机关工作中锻炼成长*

——向英华学校全体师生讲述红色故事

1947年5月，当时我23岁，是协和大学学生。我放弃学业，投身到革命斗争中去，到农村山区去，走与工农相结合的道路。那段革命斗争实践对我一生起了重要作用。

那时中共福建地下省委机关由省委书记曾镜冰同志领导，我在省委机关工作四个多月，在领导身边，接受革命的教育，锻炼成才，进步更快。

当时福建敌强我弱，力量相差近30倍，地下省委机关设在闽侯、福清、永泰交界的南阳顶（在今闽侯青口镇西台村）山头。山虽不太高，但山峦连亘，山路还可通南平等地。省委机关设于此，方便领导全省游击战争。当然，省委机关要经常迁移，因为敌人经常搜索追击，妄图消灭革命力量。

当时省委机关装备简陋，只有一台轻便无线电收发机，甚至没有桌椅。机关里有十来位战斗员，连同干部一共才二三十人。

1947年5月，党中央派阮英平同志来协助曾镜冰书记工作，准备建立福建主力游击队。我刚从福清东张灵石山回到福州，就被调到省委机关。当时陈德义同志带我从福州白湖亭乘汽船到尚干乡，

---

* 部分选刊于《福州党史》2004年第4期。

然后步行到山边一位群众家里。到了天黑，曾镜冰、阮英平两位同志也乘船到来。我们一同走到山脚旁的一座小村庄，翻过山腰就是青口乡西台。这里全村老百姓都拥护革命。国民党部队经常到相思岭和这里几座山头搜查，有一次几位游击队员与他们遭遇，就躲在村边放棺材的墓洞里，靠村里群众掩护才得以安全转移。

那天黑夜我们沿着山路走到南阳顶，苣命群众伍俤热情接待了我们。他家曾被国民党部队烧毁过三次，但他不顾危险始终支持革命。这一带农民很苦，山下有地主压迫，山上气候不好，收成差，快收成时既怕野兽来糟蹋，又怕国民党部队来抢粮。当天夜里我们继续抄小路往深山里走，到了一个可容纳30多人的大山洞，这洞相传古时候有一位书生带书童来这里埋头苦读准备考进士。到达目的地，领导通知抓紧时间就地睡觉，可我怎么也睡不着。我是个学生，来这里什么都感到新鲜。看到领导们连夜开会，我心潮澎湃，好久才合眼。天尚未亮，我就被叫起来赶路。省委派永泰县委书记老林（饶云山）和我一同去东张灵石山，目的是把福长平工委领导的几位武装同志带到这儿来。

这是我在省委机关的第一个工作。一路上我向老林学习到不少革命斗争经验。他已参加革命十来年，千锤百炼。他介绍说永泰游击队员20多人在竹林里隐蔽，被国民党部队百来人包围而突围成功。当时敌人在闽北控制食盐，妄图以此困死我游击队。有个革命群众深受土豪欺凌，明知危险，仍坚持送盐上山给游击队，后来不幸被敌人发现，壮烈牺牲。有一次老林带一把驳壳枪，在山路上遇到了两个持手枪的便衣，双方对峙，后来他们害怕驳壳枪威力大而退走了……我们到了东张镇，倪秉炯同志告诉我们山上6名武装人员已回福州。前不久敌人100多人来搜山，灵石山下革命群众陈阿标父子被敌人用枪托殴打，逼迫他们说出游击队驻地。他们故意把敌人引到另一山头，武装同志才得以脱险离开。后来我们往渔溪方向走了约10里路，在一位群众家里吃了碗面后赶回山洞。不到一天我连续走了近百里路。

40多年过去了，那之后没见过老林。前几年在福清党史座谈会上，我们终于又见面了。我讲了这段经历，八十多岁的他马上说出我的名字，相谈甚欢。不到24小时的相处经历，对革命同志的印象和感情竟如此之深！

由于当时斗争形势紧张，山洞不能久住，十多天后我们就搬到另一个地方去。果然不久敌人就到这里搜索。我们往来南阳顶次数多了会留下足迹，所以要经常沿着小溪涧白天走。离开山洞住在哪里呢？战斗员砍下小树干，用野藤结扎竖为梁柱，盖上茅草，大雨都淋不进来。人是需要水的，如果不在溪边驻扎，就要找水源，同志们教我，两山之间必有水源。

在那样的环境里吃什么呢？1947年，在组织和群众支持下，我们的主粮是大米，没啥菜，有时吃些大豆，或者野菜，如野金针、野百合花等。情况紧张时，要把大米埋存起来。烧柴草有烟，只好备些木炭。只有七一节才好不容易吃一餐猪肉和野菜。有一种野菜我们叫它革命菜，像菠菜一样，要先泡、煮去水才能吃。至于竹笋没吃多少，因为那山里没竹林。

在山上要弄到粮食是很难的。二三十人吃饭，没几天就要在夜里到山下革命群众家里把已买好的米装在麻袋里背到山顶，因为夜行不能用挑的。有次台风期间夜里下山，我只提十几斤食油都很难跟上背百斤大米的战斗员。我在邵武协大，越野赛跑获得过第七名，但爬山越岭和战斗员一比，差距就显得很大。这段时期，我深刻体会到党和群众的鱼水情，还深深懂得要参加革命和建设，需要有健壮的体质。

省委机关不是担负战斗任务的游击队，但也要随时做战斗准备以防敌人的偷袭。那时敌人用火烧山，企图围困我们，有几座山头被烧得光秃秃的。游击队力量小时，敌人部队驻扎在半山腰的小村里；我们力量稍大，敌人怕夜袭，只敢驻扎在山下，一般在天快亮时发动袭击。他们观察我们烧饭的烟火，妄想发现目标，袭击我们。便衣队更凶狠、更狡猾，这些人大都当过土匪，有的是地头蛇，被国民党招安、收买来欺压群众、对付我们。这些人山路熟，枪法好，山边又有他们的亲戚便于打听消息，常趁月夜埋伏在路边，伏击我们。但我们依靠群众，就有无敌的力量。

这一带的山路多被密密麻麻的茅草等盖住，敌人时常在傍晚前把茅草打结，有时洒木炭灰，雨天察看路上的泥浆，来追踪我们的足迹走向，而我们则将计就计迷惑敌人。当时我穿的还是学生装，手脚皮肤白，即使化装也不像农民，因此更要警惕。敌人看到山上来往的人中眼睛瞳孔稍大的（因夜间活动多的瞳孔会放大），牙齿白的（经常刷牙），就认定是游击队，先抓再说。有个叛徒一路上假装大便，故意丢下擦屁股的纸，让敌人按这线索尾随跟踪。总之，当时斗争形势是严峻的，情况复杂，条件艰苦。有的战斗员同志说，在城里活动危险性大，随时会被抓。我说，危险是有的，但我头上没写“共产党员”四个字，只要依靠同学掩护也能化险为夷。如果在山上被发现，身份很明显，不过山头是武装的根据地，有革命群众全心全意拥护和帮助我们，相对更安全。

山上斗争要注意“防特”“反特”，在白色恐怖下这一带曾出现过叛徒。1947 年 7 月，福清来了三个人，其中一人分配做群众工作，他怕苦怕累怕暴露，受到领导批评。不久狱中同志来信说，该人私自到福州找当中统特务的弟弟。他未被处决前，我们只好分散住宿，以防敌人突然袭击。

我们主要在夜间活动，傍晚出发沿着小溪走，天快黑走到近南阳山顶转弯处，远远就可看到伍俤住宅附近是否放着晒衣服的竹竿。我们相约，敌人来了竹竿就不收，凡是取下竹竿就说明“没情况”

（安全），这样就能越过这个山头。

我们夜行往来，以观看山头确定大致方向。山上不允许用手电，以避免暴露目标。走夜路每人拿根竹竿，既当拐杖，又用来探路驱蛇。夜行穿草鞋最好，摩擦力大，又可防滑和溪里的尖锐石头、地上野刺等。天未亮我们就要回到小溪驻地。人困了，真想睡，尤其天快亮时太想睡了，几次大雨天，我和战斗员累得要命，只好找个离路不远的隐蔽角落，张开雨伞在泥浆里睡上一会儿。

那时有个交通员小潘，南港人，是一个高中学生，我跟他去南港做群众工作。小潘的堂叔告诉我：几年前小潘胆小，夜里走出屋外几十步大小便都不敢，奇怪的是，参加革命后没几个月，一个人行走在高山峻岭间，没带枪，没带任何武器，可啥也不怕。真是革命锻炼人的意志，理想出勇敢。

山里要防野兽，据说遇上老虎不用怕，但不能跑，要慢慢后退，转弯避去。不过游击队被蛇咬倒的有好几位，咬死一人。

我们工作要有很强的时间观念，碰头要严格按时间。因为斗争尖锐、紧张、复杂，多因有情况才不能及时到，所以要警觉，宁可重约改期。

在艰苦条件下我们仍然坚持学习，尤其注重从实践中学习。每做一件重要的事、一次斗争都进行总结，从理论政策高度来认识。有次讨论会，大家就“理论和实践哪个重要”辩论得很热烈，最后曾镜冰同志总结说：要辩证认识，实践是基础，要从实践中总结，提高到理论高度认识；反过来，理论对实践又起指导作用，从这意义上说理论是十分重要的。曾镜冰同志一有空时就给我们讲许许多多福建斗争可歌可泣的光荣事迹。阮英平同志也不厌其烦地告诉我们解放区、新四军许许多多斗争经验。

曾镜冰同志知道我是协大学生，让我学习《福建九年游击战争总结》，说他特地写了一段协大同学卢懋榘狱中斗争所表现的共产党人的气节。《总结》也突出记述省委王助同志（英华校友）的光荣斗争事迹。我们在山上所唱的《武夷山颂》就是曾镜冰作词的：

武夷山上，十年抗争灿烂辉煌，
武夷山上，生长着一群抗战的健儿，
他们驰骋在扬子江畔。
武夷山上，今天是青年学习的场合，
明天是他们作战的战场。
听啊！歌声嘹亮；看啊！血花飞溅。
伟大的武夷山，万古流芳。
伟大的武夷山，万古流芳。

当时一支游击队在闽清打积谷仓，分粮给群众，后南下遭敌人伏击退回古田；另一支闽中游击队在福清高山一带暴动未成，被迫向南转移，所以建立主力游击队遇到了困难。在曾镜冰同志指导下，我们在山上学习省委该年“八二八”会议文件，深刻认识到思想建设之一是为人民服务，要依靠人民群众，发动群众，不能有包打天下的思想。这次联系实际学习，让我对群众观点和群众路线有了深刻体会。

生活是艰苦的，斗争是紧张的，但是有意义的。一切为人民，一切要依靠人民。福州的解放是不容易的，新中国的建立也是来之不易的，是革命前辈（其中也包括不少英华校友）用鲜血和生命换来的。英华校友中至少有 23 位共产党员献出了生命，他们实践了“尔乃世之光”的校训。

今天在英华学习的同学都是在新中国成立后诞生的，你们很幸福。校友们解囊捐助，为的是发扬我英华传统，为祖国培养有用人才。我们要深刻懂得自己肩负的历史重任，要继承和发扬革命传统，勤奋刻苦学习，为建设“四化”大业、为建设有中国特色的社会主义做好充分准备。

前几个月我的英华英语老师毕利夫人来信说：她多么希望更年轻些，再当英华英语老师。我也一样多么希望更年轻些，和你们一起，再当英华学生，用行动再谱写我与英华的新篇章。

在华南女子学院“迎七一、谈理想”座谈会上的演讲

今年（2013年）我已八十岁了，经历了我国革命、建设、改革的伟大年代。我是在革命时期参加中国共产党的，今天讲讲我怎样入党，为什么入党，入党后的实践、感受和体会。

1941年我在英华中学念高中时，就接受五四进步思想的启蒙。1944年在协和大学，曾焕乾同学秘密组织九个同学集体学习马列主义经典书籍，包括英文版《共产党宣言》。我认识了旧社会的黑暗，必须反帝反封建，初步树立了共产主义的理想。1945年学习《论联合政府》《论解放区战场》，更懂得了只有共产党才能救中国。但仅从理论上认识是不够的，还必须“国家兴亡匹夫有责”，为人民谋幸福，满腔热情地投入革命的学生运动。

我一遍又一遍阅读屠格涅夫的《门槛》，这首散文诗描述了一个俄罗斯的革命女郎，“她要跨过这个门槛来……你知道有什么在等着你？……寒冷、饥饿、憎恨、嘲笑、藐视、侮辱、监狱、疾病，甚至死亡”。这个姑娘义无反顾地跨了进去。我觉得自己太渺小了，参加革命必须有这种思想准备。

1945年抗战胜利，协和大学迁回福州魁岐。当时上海出版的进步刊物大量在福州销售。1946年2月1日，何友礼、何友于介绍当时读大学三年级的我参加共产党。入党前，我们学习了七大党章、

陈云著的《怎样做一个共产党员》。从思想入党，进而组织入党，这是我一生的大转折。协大建立了党支部，我担任首任党支部书记。

那时，同学们的入党动机纯洁，丝毫没有谋取个人利益的想法，明确入党是为共产主义奋斗，勇于贡献、牺牲，都有正义感、使命感、光荣感。

新党员对党的认识可能不够深刻，对党的感情也不够深，不一定都有那位俄罗斯女青年那样的思想准备，有的还充满种种顾虑。党员的成长实际上是经过实战中的长期磨炼百炼成钢。

我们入党后在党领导下热情工作，协大学生运动风起云涌，蓬勃开展。1947 年 2 月我响应党的号召，牺牲了个人继续学习深造的机会，任福长平工委书记，到福清农村开展游击战争，特别是在福清灵石山一带开展工作。后来省领导调我到福建省委机关工作。虽然生活十分艰苦，但是与久经考验的领导、老同志和指战员在一起，聆听福建九年游击战争可歌可泣的革命事迹，使我受到最深刻的党的教育。

1948 年我在闽清工作，不幸因叛徒出卖被捕，面对国民党反动派的屠刀，英勇不屈，被投入狱中一年一个月，过着人间地狱般的日子，靠的是“我将为人民而死，正如我为人民而生；我将为真理而死，正如我为真理而生”的坚定理想理念。1949 年 4 月国共和谈，我才重见天日。

新中国成立后，我在福州团市委做学生工作。按工作需要，我申请入团，在入团宣誓会上，我深有感触，更感到党团的可贵。1956 年，我恢复党籍，学习会上，我从自己的经历深有体会地谈到“作为共产党员的可贵”，进而体会“能为人民服务的幸福”。

我母亲是个普普通通的妇女，受革命斗争的洗礼，在党的教育下成长为“革命老妈妈”。新中国成立后荣立福州一等功臣，多年义务为安泰社区居民服务，居民称她为马代表。

我一生受过两次政治波折，十一届三中全会后，我得到彻底平反。改革开放后，我成为制糖专家。长期的艰苦实践加深了我对党、对人民的感情，我感到投身革命建设，生活充实丰富。

同学们，你们要与时俱进。我的成长经历有特殊性，但也有共性，有参考意义。

你们要把共产主义理想作为入党的奋斗目标、进步的动机和磅礴动力。江泽民总书记在七一讲话中说：“共产主义社会，将是物质财富极大丰富，人民精神境界极大提高，每个人自由而全面发展的社会。”这样的社会难道不值得为之奋斗吗？我在英华学校谈了党员和三好学生、先进工作者的关系，党员看重思想境界，看觉悟，不是只看学习成绩。

入党后，务必加倍努力通过学习和实践，大大提高精神境界，像许多抗非典模范党员那样发挥先锋模范作用。坚定理想信念，时刻不忘共产党员的宗旨和使命，按党章要求，规范自己的行动。我曾经发表文章纪念我的战友，他们是共产党员，是烈士，他们为共产主义奋斗，牺牲时年纪很轻。他们在校时都是优秀学生，带领同学们奋发上进。这是值得继承和发扬的。我们要牢固树立正确的世界观、人生观和价值观，永葆对党忠诚的政治本色。

在烈士纪念碑前对英华学生干部的讲话*

今天我们来到妙峰山，瞻仰纪念新中国成立前在鸡角弄被国民党反动派杀害的革命先烈，还有近几年见义勇为的英雄。昨天是清明节，不少英华校友到文林山革命陵墓，向烈士致敬。我们心潮澎湃，感慨万千。

生活向我们提出这样一个课题，如何与先烈相比，和先烈的一生，也和先烈的学生时代相比。“生的伟大，死的光荣”是烈士一生的写照。当然，不能期望每个人都能成为伟大的人物，但是可以要求每个人都立志成为有理想、有道德、有文化、有纪律的新人。烈士在英华学校都是 bright（聪明）学生。1931 年夏天，郑维新同学在福州市高中毕业生会考中，语文和英语成绩都是全市第一名；曾焕乾同学是博学多才、众望所归的学生领袖。先烈们在校时无一例外都把“天下兴亡”作为己任，都有强烈的责任感和使命感，都有贡献和牺牲精神。

季羡林在《谈人生》中说过：“人生的意义与价值就在于人类发展的承上启下，承前启后的责任感。”常常与烈士相比，会激励我们奋发上进。与烈士比思想、比品德、比言行，努力学习，加强锻炼，具备英华人应有的良好素质，成长为祖国需要的有理想、有道德、有文化、有纪律的社会主义建设者。

---

* 时为 2002 年 4 月 6 日。

纪念建团100周年*

——忆在福州市团委激情燃烧的日子

1949年8月17日福州解放，9月我分配到市青委工作。那时市青委主要办公地点在杨桥路一普通民房里（另一处在仓山），对外用市学联筹备处名义。市青委首先在大中学校开展学生运动，建立学生会，后转入组织新民主主义学习，提出口号“团结、学习、进步”。在此基础上召开全市学联成立大会，选举福州师专学生阮采芹为第一届市学联主席。

同年底开始建立共青团，接着办团训班、少年宫，成立少先队等，不久发展到青年工人、青年农民等，组织市青联共同筹办市学生运动会。市团委机关干部个个满腔热情，日夜奋力工作，认真贯彻团纲团章，热学热议《钢铁是怎样炼成的》等名著。总之，成绩大，发展快，陆续培养了很多人才。

我印象很深的是，以赵宗信为书记的市团委领导大力发动群众，加强团的建设。因为新中国成立前，全部福建城工部党员都停止党籍，受严格审查，无形中团干、团员的责任加重了。赵宗信等团委领导不但以身作则，而且正确执行党的干部政策。市团委机关有多位昔日城工部的党员，除我外，还有郑光鼎、刘汝为、连秀信等，

---

* 写于2022年3月。

都蒙大胆使用，认真考察，效果十分好。

我在学生部部长成仞千领导下工作，先担任福一中工作组副组长，后担任市学联秘书长。

1949年12月，25岁的我获得团市委机关批准入团，并在入团宣誓会上首先发言。我曾是中共地下党福建中层干部，因城工部事件被停止党籍，能回到组织怀抱我无比兴奋，畅谈自己的感受，“有机会为人民服务是我最大的幸福”。

入团后，我担任鼓楼区西片主要团干。1952年成仞千担任市团委书记，那年夏天，我被提拔为市学生少年部副部长。魏永鑫和我被评为市团委机关积极分子。我是知识分子，1952年10月为响应党的号召，实现国家第一个五年计划，我调入省轻工业厅，去发展福建省急需的制糖工业。我依依不舍地离开青年工作岗位，十分珍惜和感谢团市委对我三年的关爱、培养和帮助。

在成仞千等同志的促进下，市团委在晋安区文博路建设青少年活动基地，市团委机关也迁到这里，新老团干年年举办春节团拜。可惜我在泉州、云霄或南靖糖厂工作，1964年调回福州，才有机会参加团拜会。我高兴地听取新团干的工作报告，观看文艺会演，聆听赵宗信、张渝民、成仞千等老领导的发言，观看全国先进个人杜进兴精彩的宣传图片，欣赏当年共青团同事姚知行和林亮森教授等高唱共青团团歌等革命歌曲。至今我还珍藏1992年新老团干团聚时，福州学校系统五位主要团干的合影。

今天，我把成仞千书记“以无限热爱，忠诚党和人民来要求自己”的言行向大学生青年们宣讲，为的是鼓励青年坚定不移地跟党走，努力成为堪当民族复兴重任的时代新人。

第五辑　续写华章

继续吹响奋进的集结号

我今年（2022年）98岁，福建福州人，党龄76年，曾经为我国的解放事业出生入死，英勇奋斗。新中国成立后，党培养我成为知名制糖工业专家，教授级高级工程师。我始终坚持坚定的革命信念，不忘初心，把传承党的光荣传统，向青少年和社会各界开展红色宣传作为我离休后继续奋进的使命，自觉做一名红色宣传员，努力过有意义、高质量的晚年生活。

我患有重高血压等慢性病，但初心不忘，用实际行动彰显使命担当。离休以来，为培养年轻一代传承红色传统，我到大学、中学和小学，向青年学生讲述红色故事，激励他们健康成长。我对各地来养老服务中心慰问和义诊的学校、医院、公安、社区等单位同志讲亲历的红色故事，讲耳闻目睹的先烈们可歌可泣的丰功伟绩。讲实、讲好、讲活闽浙赣党史红色故事，催人奋进，被老战友誉为“钢志传初心”，近年连续被有关单位评为“优秀共产党员”“党员之星”。

最近五年，我不断用中英文书写红色条幅，共计赠送三四百张，表达“不忘初心，牢记使命”“奋进新征程，建功新时代”等理想信念，也书写我十多年胜利抗癌经验，展示“乐观、坚强、正气、包容”的老年观，表达对中青年的祝愿、期待和鼓励，继续吹响奋进的集结号！

把天堂建在人间

——与外籍英语教师友好相处

我在基督教教会办的英华中学、协和大学读过书，当时英语教师是美国人。我离休后负责联络英华职业学院、英华英语学校的外籍教师，他们都是基督徒。我虽然不信教，但能与他们友好相处。记得1992年，英华中学教师Mrs. Pilley听到我离休后进英华母校工作，非常高兴，从美国来信祝愿我“Healthy，Happy，Hopeful”（健康、快乐、希望），信中还解释Hopeful是“缔造更美好的世界”。

1997年清明节期间，我邀请3位女教师Scullane、Rosielle和Hill到福州市文林山烈士陵园，参加校共青团新团员宣誓典礼和瞻仰烈士活动。这里长眠着英华中学烈士20人。这项活动堪称是福州市学校的首创。有意思的是，Miss. Rosielle问我：“为什么参加革命?”我回答：“Heaven on the Earth”（把天堂建在人间）。她立即表示，作为基督徒，这也是她的奋斗目标。

2001年底，Mr. Mccann主动请我在他任教的英华职业学院高级班用英语讲一节课，内容是福建革命史实。随后，他深有感触地说，这是我从内心迸发出来的。

2002年初，Mr. & Mrs. Shave已从英华院校转到福建师范大学任教，我请他们修改我用英文写的20多篇故事。想不到Mrs. Shave修改后打字编册，还加上前言：“解放战争时期不少学生和陈世明一起参加革命活动，其中有 8 位英华校友成为烈士。陈世明一生有好多优秀的基督徒朋友，但是他仍然是中国共产党的忠诚党员。”接着同学王敦清选其中 10 篇，编成《惊涛级散文集》。2004 年 11 月 2 日，《福建日报》以《一位 84 岁美国志愿者的福建情缘》报道穆蔼仁（Dr. Donald MacInnis，我们亲切地称他为“Mac”）的故事。同年 12 月 21 日，他从南平师范学院为《我的故事》献词。1941 年至 1942 年，他是我在英华中学高一（惊涛级）的英语教师，又兼 *Tide* 刊物顾问。*Tide* 是当时洋口唯一的英文墙报，用手抄写，美丽夺目。1941 年夏，他把创刊号带回美国，一直珍存到现在。1942 年夏，他参军编入空军飞虎队，与我音信中断。献词结束语说：“我赞赏世明 1940—1941 年的写作，也赞赏他现在正在写的故事，更加赞赏我们的师生情。师生情谊天长地久。”

与肝癌共舞八年*

从发现肝癌到今天，我已与癌共存8年了。好不容易平安度过8年，让大家为我捏一把汗。

2003年10月省立医院体检发现我甲胎蛋白（AFP）近400，改用同位素法检定也高。CT、彩超查不出病灶。11月到协和医院再查时，AFP升至近1300，所以住院检查，千方百计找病灶。

首先是怀疑胃癌、甲状腺癌和前列腺癌，均被排除。2004年4月AFP突升至3800，增速很快，CT查出肝癌2×3厘米。

医院研究治疗方案认为，切除肝癌最彻底，但癌在肝尾叶血管网内，手术有危险，需省外专家主刀。经比较，选用介入法（即肝动脉化疗栓塞术）。

2004年4月17日，由主任医师主持，用进口微细管对肝癌注入3针碘化油，手术不痛，但注入药剂时，觉得灼热液体向胸腔上升，怪难受的。医生报喜说药剂已包住癌组织，效果良好，问我是否打止痛针，我坚持忍住，20分钟非常难受，终于过关了。随即用沙袋压住动脉伤口24小时。7月1日肝功能正常后，经挂瓶消炎保肝，再作第二次介入。肝显影确认肝癌确已被药包住。协和医院把我作

* 原刊2013年9月22日《福建卫生报》。

为肝癌典型病例，在本院医务人员中进行交流。

医生说，旧癌灶一般要5年才过关，还要防新癌，所以要我保持警醒，采取综合措施，精心护理保健。

平时我遵医嘱月月抽血（查有关指标，主要是AFP），后改为2至3月测一次。每年彩超多次，CT（或磁共振）一次。在饮食上低糖低盐低脂，营养平衡，果蔬不断，不吃垃圾食品。早餐以薏米为主，加豆粉、黑芝麻、白木耳，有时改吃麦片、红枣、枸杞等。中餐以麦类主食（馒头等）为主，晚餐以大米为主食。保持定时睡足，大便畅通，早晨常去家附近的温泉公园散步近一小时。我抱着“能活一天，便是赚一天”的想法，只争朝夕，做些力所能及的事，过有意义的生活。

2008年10月17日体检测出AFP61（离上次手术后不及5年），11月12日磁共振诊断是“肝尾叶一囊肿，大约1.5×2.0厘米”，还是怀疑旧病灶。记得过去我AFP1300时，用最先进的仪器也查不出病灶，但为防万一，医生意见还是早治早好。12月6日第三次介入法治疗（那时AFP112），肝显影未发现旧病灶有变化，针对原病灶旁小血管瘤施药，一星期后测AFP降至65。2009年1月（术后不及1个月）AFP又升高，此后一年AFP缓慢上升，直至2010年1月11日升至507。

2010年1月15日磁共振诊断：“原病灶周边异常信号灶，考虑肿瘤活动，原病灶大小1.9×1.3厘米。”1月24日第4次介入治疗，这时AFP539，肝显影却发现一个小小的新肝癌，针对性注入碘化油，手术顺利，术后保肝消炎，一周后出院（AFP293）。从2010年4月27日到2011年8月23日，一年多AFP都在5以下，手术成功。

总之，八年与癌共舞，保持安康快乐，是科学防治、大家关爱、家庭照顾、自己努力的结果，可说是属于早期原发性肝癌防治的良好病例之一。

金婚盛典献情书

钦如爱妻：

今天（2018 年 7 月 17 日）七夕节，金太阳举办金婚盛典，特写信倾诉衷肠，和你一同回味我们的恋爱史。

陈世明、陈钦如 1954 年结婚照

陈世明、陈钦如 2018 年合照

记得第一次见到你，是在 1947 年的夏天，福建省委苏华委员安排我到西湖边找革命群众老林，托其看望一位老同志的妻子，我在老林屋里巧遇正在洗衣服的你，一名高中女生，从而撒下爱情的种子。

新中国成立后，我的朋友、战友邱文平和你一同在省妇联工作，由他主动牵了线。无奈，我被派去广东学习制糖技术，你也常蹲点下乡，婚事拖到1954年5月8日。那时我30岁，你27岁，都算是大龄青年。婚后，我们经历了风风雨雨，甚至大风大雨，不离不弃，甘苦与共。我们相互勉励，共同面对，又带出好家风，经风雨见彩虹，彰显出爱情魅力。

当我们老了，我80岁后两次住院治肝癌，你意外跌倒，肩部粉碎性骨折，嵌了六个钢钉，我俩都抱着乐观、坚强、正气、包容的心态相依为命。你大力支持我讲述革命故事，或带领儿孙到革命遗址、烈士陵园等处，尊崇英烈，缅怀战友，传承红色基因。

近一年，因为宿舍拆迁，我们移住鼓东街道社区养老服务照料中心，过着幸福有质量的晚年生活。我们志同道合，相濡以沫，恩爱携手走过64个春秋，奋进在新时代，我们的爱情如闽江水，日夜奔流不息。

奋进的九十年*

——人生的真实写照

1924年6月7日我出生在一个贫苦工人家庭，就读于省一小学、福州英华中学和福建协和大学。抗战时期，英华中学内迁顺昌县洋口镇，协大迁至邵武县城。我毅然决然投入抗日救亡洪流中。

在学校，我抓住难得的读书机遇，勤学苦练，学习成绩优秀，冬天坚持洗冷水浴，锻炼身体。读高中时，中国共产党地下组织的活动启蒙了我的进步思想。1944年秋，曾焕乾在邵武秘密组织读书会，吸收我等九名同学参加。翌年，我们都积极投入反姚家恶霸等学生运动。

抗战胜利后，协大迁回福州。1946年2月，经中共闽江工委学委委员何友礼、何友于介绍，我加入了中国共产党，担任中共协大首任党支部书记，在校创办时事研究会，积极宣传革命思想，发展党组织。同年夏天，学委扩大会在福州召开，我任第二届学委组织委员，同时仍在大学读书，发展了3个党支部和女生党小组，开展反美援沈学生运动。

1947年2月，闽浙赣区党委城市工作部在林森县桐口乡龙山村召开干部会议，史称“龙山会议”，我被评为模范工作者。为响应区

---

* 本文写于2017年3月。

党委关于发动爱国游击战争的号召，贯彻龙山会议精神，我毅然离开即将毕业的协大，放弃留美深造机会，到农村第一线去，实现了我从学生党员到职业革命者的转折。

入党后，我促进父母弟妹支持革命，把住处茶亭真神堂作为闽江工委所属学委的活动地点。1985 年，我母亲马淑钗被光荣授予“解放战争时期福州市地下党老接头户”称号。

龙山会议后，我担任福长平工委书记，赴福清县，打通了平潭经福清到福州的秘密交通线，很快建立了灵石山武装据点。

同年 5 月，我调入闽浙赣区党委机关（在南阳顶）负责群众工作，这段时期我得到了极为深刻的教育和艰苦锻炼。就在那里，区党委召开“八二八”会议。会后，省委书记曾镜冰亲自筹建并领导闽永尤南沙中心县委，我为委员，负责领导闽清等县工作。经过几个月努力，工作取得了显著进展和成果，但由于被叛徒出卖，1948 年 4 月 24 日，我不幸被国民党反动派逮捕。

同年 3 月底，在狱中经过邱子芳等难友帮助，我用英语写信给资助我读书的美国友人范哲明先生，信中说：“我将为真理而死，正如我为真理而生；我将为人民而死，正如我为人民而生……”在监狱一年里，我坚持斗争，进行革命宣传，效果显著，因之被看守长铐上脚镣。1949 年初，我和难友进行绝食斗争。同年 4 月，根据国共和谈，我同被关押的 20 位政治犯终于重见天日。

新中国成立后，我在福州市青委工作。因为城工部事件，我失去了组织关系，此时重新加入了共青团。在入团宣誓时，我说：“有机会为人民服务是最大的幸福……失去组织又回到组织的怀抱，更感到组织的可贵。”此后，我担任了市学联秘书长、学生少年部副部长。

1952 年，我调入省轻工业厅，随即赴广东揭阳、顺德糖厂实习两个榨季。1956 年，城工部冤案平反，我先后担任泉州、云霄、南靖技术副厂长、工程师。1964 年调入省制糖工业公司，先后担任副经理、总工程师、省轻工厅技术顾问、教授级高级工程师。我为制糖工业服务 37 年，成长为我国制糖工艺专家，其间五次出国，进行制糖技术考察。曾任中国甘蔗糖学会常务理事兼学术委员会主任、福建甘蔗糖学会理事长、福建食品科技学会副主任、福建轻工技术职称评委会委员。1991 年入选福建省科协的福建科技名人。

1972 年，我被下放到周宁县李墩公社东山大队，参加农业劳动，与村干部、广大农民建立了深厚感情。

1989 年我离休，享受厅级待遇。为了在青年一代中播撒理想信念的种子，传承红色基因，培育红色传人，1992 年我回到培育我成长的母校，在英华英语学校任办公室主任，后来担任院校（包括英华职业学院）党支部书记。我与校友一起编写了《英华英烈》等书籍，在校区竖立英华英烈纪念碑。2007 年，该校副校长吴永璋写文章赞我是“好校友、好老师、好党员、好书记”。

2004 年我患肝癌，2010 年又发现新的肝癌，蒙协和医院 4 次介入法成功治疗，我抱着“乐观、坚强、正气、包容”的心态，战胜病魔。人们说我“能活到今天，是件奇迹”。

我不忘初心，心系英烈，发表过纪念 20 多位英烈战友的文章。以自己亲见亲闻的史实，传扬中国精神。每逢清明节，追思先烈，我必和战友们参加文林山革命烈士陵园的集体祭奠。今年（2017 年）我 93 岁，10 年来 7 次登上龙山参加系列纪念活动。

九十多年来，我不断追求、磨炼、奋进、感恩，以上是我一生的真实写照。

为福建糖业建功立业*

福建省工业基础薄弱，第一个五年计划期间（1953—1957）把制糖工业作为发展重点，我是大学生出身的知识分子，祖国的需要就是我的使命。1952 年，我从福州团市委学联秘书长岗位奔赴糖业建设第一线，把青春融入祖国建设的宏伟事业中，为福建糖业建功立业。

当年我和一批技术员工到广东揭阳糖厂实习，我从煮糖学徒做起，三班制工作。我从一个新兵开始，学习摸索，刻苦钻研，逐渐成长。经过两个榨季学习后，我先后在泉州、云霄、南靖糖厂担任技术领导，管理和调查研究各类型糖厂的生产技术。

1964 年，我从基层糖厂调到福建省制糖工业公司，主抓生产技术。我努力学习国内外先进经验，按我所需，学人所长。我还参加了全国生产技术会议等相关科技交流活动……

我参与技术引进的商谈，特别负责引进精糖技术。我五次出国考察制糖技术（菲律宾、澳大利亚、联邦德国）。我刻苦钻研糖业英语，又向省科委情报所借阅六种国外著名的相关制糖刊物，在重要期刊上翻译发表最新的糖业技术文章，出版制糖学术论著，推广国

---

* 2023 年 7 月 3 日在福建轻纺工贸党组织主题教育活动上的发言（节选）。

内外先进制糖工艺技术。

我不忘初心，使命感强，在糖业战线上不懈奋斗。福建省轻工业厅曾授予我“学习毛泽东著作积极分子”的光荣称号。1980 年 7 月 24 日，福建日报以《学准则，树新风》为题，报道朱皓经理和陈世明总工二人去联邦德国考察、引进设备，为国家节省大量外汇，廉洁奉公的事迹。

我的成长与伴随着福建制糖事业的发展。感谢党对我的培养，在 38 年制糖工作中我逐步成长为全国知名的制糖专家，教授级高级工程师，担任了全国甘蔗糖学会常务理事、学术委员会主任，福建省甘蔗糖学会理事长。1991 年福建省科协授予我为福建科技名人，编入《当代福建科技名人》（二）。1993 年全国甘蔗糖业学会表彰我三十年来在中国甘蔗糖业做出的贡献。

后　记

《毕生为社稷　风范昭后人——百岁老党员的红色记忆》，主书名“毕生为社稷 风范昭后人”是福建省政协原主席游德馨给陈世明的题词。本书记叙了古稀老革命者陈世明亲历、亲闻的非凡的革命斗争经历。他的一生充满传奇色彩，经历过无数惊涛骇浪，有无数可歌可泣的革命故事，三次与死神擦肩而过。他本人就是福建党史的活教材，值得后人学习。本书叙述了一位党员的成长历程和峥嵘岁月里的传奇故事，带领我们走入福建党史长廊，铭记党的光辉历史、感悟坚定理想信念。

本书根据陈老革命斗争的历程，讲述先烈和战友故事、红色传承等，分为五辑。第一辑“践行初心”，讲述了陈世明从学生时代走上革命道路，坚定共产主义信念，投身轰轰烈烈的学生运动，担任福建协和大学第一任党支部书记，领导学生运动的史实。他是参加福建革命史上具有里程碑意义的“龙山会议”的唯一健在者，书中多篇文章歌颂了彪炳史册的龙山会议，让龙山精神代代相传。

贯彻中共闽浙赣区（省）委龙山会议精神，走与工农相结合道路，陈世明肩负福长平工委书记的历史使命，开创福清灵石山革命据点，开展武装斗争，经历了枪林弹雨的洗礼。他调到闽浙赣区党委机关工作后，在革命熔炉中继续锻炼成长。王当陈世明踌躇满志在闽清开展革命工作，指导组建闽清县委，发展壮大党组织力量的关键时期，不幸被叛徒出卖，陈世明等7位同志被捕，这便是“麟洞事件”。每当人们看到陈世明视死如归，在暗无天日的黑牢中书写的誓言“我将为真理而死，正如我为真理而生；我将为人民而死，正如我为人民而生”，那质朴、坚定的话语彰显了共产党员铮铮铁骨、傲然屹立的气概，这种为真理、为人民勇于献身的大无畏的革命精神将深深地感动每位读者的心灵。

第二辑“悼念英烈”用大量篇幅歌颂英烈，字里行间贯穿着英烈精神，赞美英烈坚定的信仰，再现先烈抛头颅洒热血、前仆后继、不屈不挠的光辉群像。第三辑“缅怀战友”，生动传播红色文化，以英烈和战友的光辉形象鼓舞教育人们拼搏奋进。文章真实再现发生在福建这块红色土地上共产党人的感人故事，用真实的故事打动人心。

第四辑“红色传承”和第五辑“续写华章”，主要体现不忘初心、继续奋进的精神。新中国成立后，党培养陈世明成长为我国制糖工业教授级高级工程师，继续奋进新征程，建功新时代，为祖国建功立业，成为中国制糖工业知名专家。离休后他甘当红色宣传员，续写壮丽篇章，古稀之年仍积极向省市机关单位、公安武警战士、大中小学生宣讲党的光荣历史，激发他们的爱党爱国热情，鼓励他们继承党的光荣传统，让红色传统代代相传。近年他荣获本系统党委（原福建省轻工业厅）授予的“优秀共产党员”光荣称号，2021年建党百年之际又被授予“党员之星”光荣称号，表彰他在离休期间不忘初心、传承红色基因的事迹，不愧为奋进新征程、建功新时代的楷模。

陈老是福建党史的见证人，古稀之年仍神采奕奕，思路敏捷，对革命岁月记忆犹新，讲述革命故事和先烈事迹滔滔不绝。他写了很多党史资料，写了许多纪念先烈和战友的文章，做了许多缅怀英烈、学习英烈、捍卫英烈的宣传教育，但很少写关于自己英勇斗争的文章。到目前为止，仍没有一部完整的陈世明红色故事正式出版，这是个大遗憾。抢救革命历史刻不容缓。

本书出版的重大意义在于，真实书写共产党员为党为人民甘洒热血写春秋，讲好党的历史、革命斗争经历、英烈英勇献身的故事，让中国共产党百年奋斗的光辉形象更加立体丰满，将红色元素融入爱国主义教育中，用通俗易懂和催人泪下的感人方式，激发活力，发挥榜样的引领作用，提升传播效果，让红色传统代代相传，初心不改。

本书承蒙福建省政协原主席游德馨的大力支持，亲自题签。衷心感谢福建师范大学协和学院和福州市社科联对本书的大力支持。谨向福建省和福州市闽浙赣边区革命史研究会，向所有关心和支持本书出版的单位和同志表示诚挚的感谢。

陈宁（福建师范大学协和学院教授）

图书在版编目（CIP）数据

毕生为社稷　风范昭后人：百岁老党员的红色记忆/陈世明著；陈宁编. --福州：福建人民出版社，2023.9

ISBN 978-7-211-09178-2

Ⅰ. ①毕…　Ⅱ. ①陈…　②陈…　Ⅲ. ①革命回忆录－中国－当代　Ⅳ. ①I251

中国国家版本馆 CIP 数据核字（2023）第 177081 号

毕生为社稷　风范昭后人

BISHENG WEI SHEJI　FENGFAN ZHAO HOUREN

——百岁老党员的红色记忆

作　　者：陈世明
编　　者：陈　宁
责任编辑：陈廷烨
美术编辑：白　玫
责任校对：陈　璟
出版发行：福建人民出版社　　电　　话：0591-87533169(发行部)
网　　址：http://www.fjpph.com　　电子邮箱：fjpph7211@126.com
地　　址：福州市东水路 76 号　　邮政编码：350001
经　　销：福建新华发行（集团）有限责任公司
印　　刷：福建新华联合印务集团有限公司
地　　址：福州市晋安区福兴大道 42 号　　电　　话：0591-88208420
开　　本：700 毫米×1000 毫米　1/16
印　　张：16
插　　页：6
字　　数：203 千字
版　　次：2023 年 9 月第 1 版　　印　　次：2023 年 9 月第 1 次印刷
书　　号：ISBN 978-7-211-09178-2
定　　价：69.00 元
